Estrella
en el
bosque

LAURA RESAU

Traducción del inglés de
Gloria García Díaz

SCHOLASTIC INC.

Originally published in English by Yearling, and imprint of Random House
Children's Books as *Star in the Forest*

Translated by Gloria García Díaz

ISBN 978-1-338-05468-2

10 9 8 7 6 5 4 3 2 1   16 17 18 19 20

Printed in the USA   40
First Scholastic Spanish printing 2016

Para mis queridos amigos Zitlally, Cuauhtémoc, Alejandro y Erick… y todos los niños que están separados de sus familias por fronteras.

—Laura Resau,
autora

Este fue un esfuerzo doble y lo hice cuando mi hermosa hija Victoria Natalie dormía sobre mis piernas, mientras yo me peleaba con las letras, las palabras y las frases, pues el inglés no es mi lengua materna. Pero lo hice con todo el amor y llena de esperanza, para que algún día mi hija vea el nombre de su madre en este libro y diga: «¡Caray! Yo también quiero ver mi nombre en un libro». Y así empiece ella su propia aventura a través de las letras.

—Gloria García Díaz,
traductora

Moquetzalizquixochintzetzeloa in icniuhyotl.

La amistad es una lluvia de flores preciosas.

—Ayocuan Cuetzpaltzin,
poeta azteca del siglo xv
de la región de Puebla, México

Agradecimientos

Este libro no existiría sin la inspiración de Gloria García Díaz —escritora maravillosa, traductora brillante y amiga cercana— y sus hermosas sobrinas, Frida y Karla. ¡Gracias, Gloria, por las conversaciones que inspiraron este libro y por tu comentario entusiástico del manuscrito! Esta traducción fue un trabajo de amor y amistad porque Gloria y yo la hicimos nosotras mismas, con la esperanza de que quizás alguna editorial la publicara. Además, este proyecto es especial porque Gloria vive en la comunidad que inspiró el parque de *trailas* en esta historia, así que ella realmente conoce el escenario del libro. Sobre todo, ella puso todo su corazón y sus talentos poéticos en la traducción. ¡Gloria, te agradezco, te admiro y te quiero mucho!

Me siento agradecida con mi amigo Javier y su familia por compartir su experiencia náhuatl, y también sus cuentos de los bosques mágicos, las estrellas y las búsquedas de los hongos. Gracias también a mis estudiantes de ESL, quienes me han enseñado muchos aspectos de la vida de un inmigrante.

Un montón de gratitud a mi grupo de escritoras de Old Town —Carrie Visintainer, Leslie Patterson, Sarah Ryan, Laura Katers y Lauren Sabel— que llena mi vida de escritora con risas y con sus críticas excelentes. Gracias a mis amigos bilingües y educadores —Michelle Sparks, Paul Ashby, Martha Petty y Samara Cohen— por sus sugerencias maravillosas, y a la abogada de inmigración Kim Medina por explicarme el proceso de deportación y ayudarme con mi nota sobre la inmigración. Mi extraordinaria editora, Stephanie Lane Elliott, y su asistente, Krista Vitola, profundizaron este libro con su percepción creativa. Fue un placer trabajar con la gente increíble de Random House Children's Books y con mi magnífica agente, Erin Murphy. Me siento muy agradecida con el equipo fenomenal de Scholastic en español por su entusiasmo en el proceso de publicación de esta traducción al español. Muchísimas gracias también a Cecilia Molinari por su excelente trabajo en la edición del texto.

Como siempre, mi mamá, Chris, me dio consejos brillantes en cada borrador de este libro. Ella ha fomentado mis cuentos desde que yo era una niña de cuatro años, cuando platicaba sobre cómo la mantequilla patinaba por una sartén caliente. Mi papá, Jim, me ha mostrado el valor de las amistades a través de las culturas, y siempre me ha motivado en mis viajes. Estoy agradecida con mi hijo, Bran, por hacerme reír y beberme los rayos del sol y amar con todo mi corazón. Y las gracias más grandes van para Ian, quien (a pesar de fastidiarme por los trastes que se amontonan en el fregadero mientras escribo) ha hecho de mi vida un dulce sueño del alma.

PRIMERA PARTE

Estrella

· 1 ·

Hay un bosque detrás de mi *traila*, entre las hierbas, bajo la reja y al otro lado de la zanja grasosa y desordenada. Es un bosque de chatarra: piezas viejas de carros, montañas de metal oxidado con manchas de color café y anaranjadas, un arcoíris de capas de pintura deslavada. Las hojas y las enredaderas se meten por los agujeros. A veces, pájaros, víboras e insectos se asoman por los tubos y los

3

rines. Mi vecindario se llama Forest View Mobile Home Park, que significa "parqueadero de casas móviles con vista al bosque". Creo que este debe de ser el bosque al que se refieren.

El día que mi papá fue deportado, fui a ese lugar.

Lo habían detenido la semana anterior y, mientras estuvo en la cárcel, mi mamá no soltó su celular.

—Deportado, deportado, deportado —susurraba asustada.

—Deportado —les dijo a mis tías Rosa, Virginia y María.

—Deportado —le dijo por teléfono a mi tío Luciano que estaba en México.

Deportado significaba que mi papá sería enviado a México y sería muy difícil que regresara.

Un día antes de que fuera deportado, lo vi en la cárcel. Me miraba a través de una ventana plástica toda rayada. El teléfono le tembló en la mano.

—Adiós, Zitlally —me dijo, y después susurró—: *Ni-mitz nequi.* Te quiero.

Se veía raro con el uniforme azul de preso y aún

más raro porque estaba llorando frente a los demás prisioneros y sus familias y la gente de seguridad. Pero mis lágrimas seguían escondidas en lo más profundo de mí. Me preocupaba que mi papá pensara que yo no estaba triste porque mi rostro estaba seco cuando le dije adiós.

Al día siguiente, sola, en el bosque de chatarra, sentí que las lágrimas me brotaban como un géiser.

Mi nombre es Zitlally. Estrella. Ese es el significado de esa palabra en náhuatl. Mi papá me habla en secreto en náhuatl, aunque yo no lo entiendo. Es un lenguaje suave, lleno de *shhhs* y perfecto para susurrar de noche. Yo pensaba que era el lenguaje de las estrellas, lo que se susurraban una a la otra. Este año en la escuela, cuando estudiamos la unidad de México, descubrí que ese era el lenguaje de los aztecas. Supuestamente, todos los aztecas ya murieron. Tal vez ellos son los que susurran. No le dije a nadie que sus palabras aún no han muerto. Yo lo sé porque mi papá las sigue usando. Porque me nombró con una de ellas. Y porque escucho a las estrellas susurrar. *Shhh.*

* * *

Cuando por fin deportaron a mi papá, mi mamá lloraba en el teléfono diciendo "deportado, deportado", mientras Reina veía una película de asesinatos y Dalia pasaba el rato con sus amigos en el parque, adonde a los niños les está prohibido ir a causa de los vidrios rotos y las jeringas. Normalmente, mi mamá fruncíría el ceño y mi papá diría que Dalia no debería juntarse con ellos y que Reina no debería ver películas de asesinatos. Pero ahora que estaba todo el tiempo en el teléfono diciendo "deportado, deportado", mi mamá no se fijaba mucho.

Saqué mi tarea de matemáticas, me senté en el pasto artificial del porche y me recosté en la pared de hojalata, a un lado de nuestra *traila*. Sentí un escalofrío y deseé haber traído mi suéter. Hacía frío porque era abril.

Fracciones. Cuatro quintos. La fracción de mi familia aquí. Antes, mi papá miraba por encima de mi hombro para ayudarme mientras yo hacía la tarea de matemáticas. Él no resolvía los problemas como el profesor Martin en el pizarrón. Tenía su propio sistema. Mi papá trabajaba haciendo las estructuras de las casas y siempre tenía que cortar la madera perfectamente hasta el octavo de pulgada exacto para no desperdiciar nada. Era un experto en fracciones.

¡*Crash*! Algo se rompió. Sonaba como un vidrio. El ruido venía de la *traila* vecina. Después, escuché una cascada de golpes, gritos y vidrios rotos. Era el novio de la mamá de Crystal.

Yo nunca le había hablado a Crystal en la escuela. Mi mejor amiga, Morgan, me contó que Crystal compraba en las ventas de garaje.

Y mi segunda mejor amiga, Emma, decía que Crystal no se lavaba la boca y que tenía halitosis.

Y mi tercera mejor amiga, Olivia, me dijo que Crystal se orinaba en los pantalones en primer grado.

Como ellas eran mis mejores amigas desde siempre, yo sabía que tenía que creerles y serles leal. Cuando Crystal trató de hablar conmigo en la parada del camión, me encogí de hombros y sonreí, pero con la boca cerrada, y me volteé hacia el otro lado.

* * *

En los dos años de ser amiga de Emma, Morgan y Olivia, siempre me invitaban a patinar, o al *mall*, o al cine, o a hacer algo. Era muy difícil ser su amiga porque me sentía como una ardillita nerviosa, siempre con los ojos bien abiertos y las orejas paradas.

Tenía que fijarme en cómo se vestían para saber qué ponerme. Mirar su peinado para saber cómo peinarme. Mirar cómo se paraban, sentaban y caminaban para hacer lo mismo. Tenía que escuchar qué palabras usaban para poder usarlas yo también. Escuchar cómo sus voces iban subiendo el tono al final de cada frase para poder hacerles eco con la mía.

Esa es la razón por la cual las ardillas hacen cosas tontas, como atravesarse en frente de los carros. Están aturdidas de tanto mirar y escuchar.

Durante las semanas que siguieron a la deportación de mi papá, algunas veces, sin querer, llevaba puesto el mismo pantalón por dos días seguidos. Y algunas veces ni me peinaba por la mañana. Y cuando Morgan decía algo chistoso, me olvidaba de reír.

Me quedaba mirando la delgada línea de tierra en mi uña o la pequeña cicatriz en mi nudillo o la peladura de mi cutícula.

Cuando Olivia me invitó a la alberca y Emma me invitó a dormir en su casa, puse pretextos. En la escuela ya nadie me quería en su grupo de lectura. Me ponía a observar mis manos en vez de hablar. Mis palabras empezaron a desaparecer así como los últimos restos de nieve derritiéndose en el lodo.

Un día, Emma me invitó a pasear en bicicleta al parque. No en nuestro parque de vidrios rotos porque ellas nunca venían a mi vecindario, sino a un parque bonito cerca de su casa.

—No puedo —le dije.

—¿Por qué no?

Buena pregunta. ¿Por qué no?

"Simplemente no puedo y ya. No puedo recordar las palabras correctas para contestarle ni cómo actuar. No puedo sonreír ni reír con ellas. No puedo fingir", pensé.

Entonces me di cuenta de que se me habían acabado los pretextos.

—Porque mi papá tuvo que irse a México —dije.

—¿Cuándo regresa?

Encogí los hombros. Ellas pensaban que él sólo tenía que subir al avión y regresar. No sabían que tendría que cruzar el desierto otra vez. No sabían que yo crucé con él, con mi mamá y con Dalia antes de que Reina naciera. Esa era una parte secreta de mí que mis amigas no sabían y que yo nunca les diría.

Un día a la hora del almuerzo, después de que no me riera del chiste de Morgan acerca de la señora de la cafetería con sus gigantescos aretes de conejitos de Pascua, mis mejores amigas me botaron.

—Zitlally se volvió aburrida —le dijo Olivia a Emma y a Morgan susurrando, pero lo suficientemente alto para que yo pudiera oír.

Algunas veces me había preguntado: ¿y si yo dejara de intentar agradarles? Ya tenía la respuesta. Levanté mi charola anaranjada, me cambié de lugar a una mesa vacía y decidí ser cada vez más aburrida hasta convertirme en nada.

Encontré a Estrella en el bosque justo dos semanas
después de que mi papá fuera deportado. Y lo sé porque esa noche la luna estaba desapareciendo así
como yo quería desaparecer. Pero a la noche siguiente,
una rajita de luna apareció. Y cada noche después de
esa, la luna creció y creció hasta estar perfectamente
llena. Y cuando vi que la luna estaba llena y perfecta
y no le faltaba ni un pedacito, me quedé dormida
esperando a que tal vez algo bueno pasara.

Al día siguiente, después de la escuela, corrí
al bosque. A lo largo del camino, crecían pequeñas flores amarillas. Narcisos. Alguien, en algún
momento, había plantado narcisos en el bosque de
chatarra, y eso me animó un poco. Al cruzar la reja
y atravesar la zanja, mis lágrimas comenzaron a
escaparse; las había escondido durante todo el día y
ya no podían esperar más.

Y después, lo vi.

Su pelaje gris.

Era blanco pero estaba sucio y manchado en
algunas partes y se mezclaba con el bosque de

chatarra como un camaleón. También estaba flaco, y podían vérsele las costillas a través de la piel.

Por lo regular a mí no me gustan los perros. Tengo una cicatriz del tamaño de un arándano en la pierna y otra en el brazo gracias a un perro que me mordió en México cuando yo tenía cinco años.

Pero este perro parecía tenerme miedo. Gimió, caminó en círculos y se acurrucó lejos de mí, bajo un cofre oxidado. Tenía una cadena atada al cuello, apretada y amarrada a un agujero en el cofre, y apenas había suficiente cadena para que pudiera dar la vuelta y acostarse.

Ya mis lágrimas rodaban y no pude detenerlas, así que me senté lejos. El perro me observaba y yo lo observaba a él. Yo lloraba y él me observaba, y después de un rato, mis lágrimas se detuvieron y él puso la cabeza sobre las patas. Ahí fue cuando me di cuenta. Tenía un parche de pelaje negro encima del cuello.

Con la figura de una estrella.

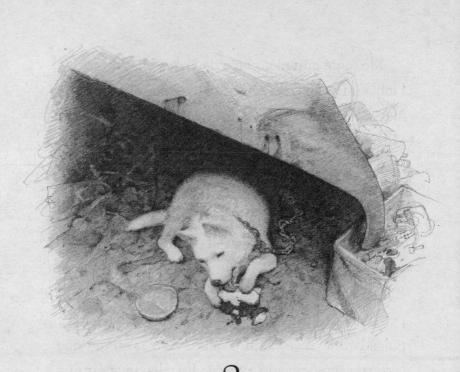

· 2 ·

Al día siguiente, después de la escuela, fui al bosque. Esta vez mis lágrimas no rodaban porque estaba pensando en Estrella. ¿Aún estaría ahí? ¿Estaría bien?

Caminé rápido pasando por al lado de las latas de cerveza, la basura de Burger King y los narcisos. Hoy sus pétalos estaban más abiertos.

¡Y ahí estaba! Bajo el cofre oxidado.

Me senté aún más cerca de él que el día anterior. Había un charco de agua de lluvia que él trataba de alcanzar con la lengua, pero su cadena no lo dejaba. Hizo un sonido agudo desesperado.

Cerca, a su lado, había un plato de plástico, pero estaba roto. Entonces recordé la basura de Burger King en la zanja.

—Ahorita regreso, Estrella —dije.

Corrí de regreso y encontré el vaso grande de Burger King y le corté la parte de arriba para que el perro pudiera tomar de él, y con cuidado, pulgada a pulgada, me acerqué al charco. Pero no tenía que haberme preocupado porque Estrella se mantuvo lejos de mí.

Llené el vaso de agua y lo puse al otro lado del charco donde él pudiera alcanzarlo. Y después, rápido, retrocedí, tan rápido que resbalé en el lodo. Entonces me senté y me recosté en la puerta desvencijada de una camioneta, y lo observé.

Despacito, se acercó al vaso, y con su perfecta lengua rosada alcanzó y lamió el agua, de una manera delicada, sin derramar una gota.

* * *

Después llegó el sábado. Dalia, Reina y yo tuvimos que mover nuestras cosas al cuarto de mamá y limpiar el nuestro para los hombres que iban a vivir ahí. Ya no podíamos pagar el alquiler ahora que mi papá había sido deportado, así que teníamos que alquilar el cuarto. Los hombres que vinieron a vivir eran albañiles. Cada uno traía una gran bolsa plástica llena de ropa en una mano y en la otra, un paquete de seis cervezas. Dejaron las bolsas en su nuevo cuarto, y después se sentaron en el sofá a ver películas de acción y a jugar videojuegos y a tomar cervezas. Mi mamá apretó los labios, limpió la cocina lo más rápido que pudo, y después se metió al cuarto a ver las telenovelas y las noticias en su cama mientras hacíamos la tarea.

Hay algo más. El día que mi papá supo que sería deportado, yo cumplía once años. Había un pastel esperando en el refrigerador, uno de tres leches de Albertson's que decía "Feliz Cumpleaños, Zitlaly". Olvidaron ponerle la tercera "L".

Esa noche, sólo se hablaba de que papá sería "deportado, deportado", así que mi pastel se quedó en el refrigerador sin comerse.

Hay que estar feliz para cantar "Las mañanitas" y hacer una fiesta, pero nadie estaba feliz. Durante las tres semanas siguientes, Reina preguntaba algunas veces si podía comer pastel, pero mi mamá le fruncía el ceño. Últimamente, mi mamá fruncía el ceño muy seguido. Tenía que trabajar horas extras cocinando desayunos y almuerzos en IHOP, y además trabajaba en el turno de la cena en Denny's. Ella ya no estaba en casa cuando yo regresaba de la escuela. Y ahora también trabajaba los fines de semana.

Ese sábado a las tres, mi mamá, al irse al trabajo, pasó por la sala donde los albañiles seguían en el sofá. En nuestro cuarto amontonado, Reina seguía viendo la tele y Dalia estaba molesta en la cama porque quería estar con sus amigos en el parque de los vidrios rotos. Por suerte, mi mamá pensaba que yo era demasiado pequeña para cuidar a Reina, así que Dalia tenía que hacerlo.

16

Cuando mi mamá se fue, me colé en la cocina y saqué la caja del pastel del refrigerador. Era enorme. Nadie se dio cuenta de que el pastel y yo salíamos por la puerta.

Camino al bosque, tuve que sujetarlo fuerte con las manos. Fue especialmente difícil pasar bajo la reja y brincar la zanja con el pastel. No quería aplastarlo.

Estrella me vio venir con el pastel e hizo algo asombroso.

Meneó la cola.

¡La meneó!

Mi corazón palpitaba rápido. Me senté cerca de él, balanceando la caja del pastel en mi regazo, y un poco temerosa de destaparlo. ¿Y si estuviera cubierto de moho verde? ¿Y si estuviera podrido?

Lo destapé.

Y ahí estaba el pastel con un deslumbrante acabado de chantillí blanco y azul brillante. Un azul como el de las fotos del mar en Hawái. Un lado estaba un poco aplastado porque yo había tropezado con una piedra, y el chantillí estaba duro y cuarteado, pero al menos no tenía moho. ¿Se podría enfermar alguien por comer pastel muy viejo? Decidí correr el riesgo. No tenía cuchillo ni tenedor, así que con la mano tomé un trozo. Sabía bien. Seco, pero estaba bueno.

Oré en silencio, negociando.

"Si no me enfermo por esto, entonces mi papá regresará".

Y le di dos mordidas más. Mi estómago seguía bien.

Estrella me observaba y se relamía el hocico. A lo mejor estaba bien darle a él. El chocolate puede hacer daño a los perros, pero el chantillí era sólo blanco y azul. Le arrojé un pedazo grande que contenía la letra Z de Zitlally. Y le gustó tanto que le di dos trozos más. Nos mirábamos el uno al otro mientras comíamos pastel, y el pelaje alrededor de su boca se volvió azul, y sonreí y saqué mi lengua azulada para mostrársela. Me podía ver la punta de la lengua si me ponía bizca y miraba hacia abajo. Parecía como si hubiera chupado un pedazo del mar.

Y cuando levanté la mirada otra vez, juro que Estrella me devolvió la sonrisa.

· 3 ·

Nadie se había burlado de mi nombre hasta ese lunes. Cayden me llamó Zitface. Granosa.

—Zitlally, Zitface, Zitlally, Zitface.

Yo ni siquiera tengo granos. Ni uno.

No dije nada. Ya estaba acostumbrada a no hablar. Cuando el profesor Martin me preguntó acerca de eso, tosí y susurré que tenía dolor de garganta permanente por las alergias. Él levantó las cejas y dijo que tal vez debería hablar con la señora Cruz, la consejera estudiantil, pero después, otro profesor se acercó preguntando por la llave para abrir algo y él olvidó el asunto. Me alegré porque la señora Cruz huele extraño porque toma como diez tazas de café al día.

Así que cuando Cayden me llamó "Zitface" otra vez, me mordí las mejillas por dentro y me miré los nudillos, preguntándome cómo sería golpear a una persona.

—Oye, carnal, el rostro de Zitlally es perfecto, como el de una estrella de cine. Como el de una modelo de revista —dijo de pronto Crystal.

Sentí que el calor me subía al rostro.

Y luego Crystal añadió:

—Carnal, conozco a la familia de Zitlally. Ellos viven cerca de mi casa. Fíjate que ella viene de una familia de modelos, ¿me entiendes? Todas sus tías y primas son modelos. Pero hay unas pandillas allá en México, ¿me entiendes?, pandillas enemigas de modelos bonitas, así que la familia de Zitlally tuvo que huir. Fue trágico. Era como si fueran demasiado hermosas.

Cayden hizo una mueca.

—Eres una mentirosa, Crystal.

Sí, ella era una mentirosa. Todos sabían que no debían creer nueve décimas partes de lo que salía de la boca de Crystal. La mayoría de sus mentiras eran buenas historias, pero era difícil ignorar el hecho de que estaba mintiendo. De cualquier forma, Cayden ya no me volvió a llamar Zitface.

Dos clases después, durante un experimento de ciencia acerca de la electricidad estática, Crystal estaba frotándose un globo en el cabello. Sus mechones rubios se levantaron en todas direcciones. Parecía una loca mentirosa. Pero su cabello rebelde también parecía una aureola de oro como la que se puede ver alrededor de la cabeza de la Virgen María, eso que muestra que ella es santa.

Crystal pegó el globo en la pared y ahí se quedó el globo, un pequeño milagro, como caminar sobre el agua o multiplicar panes o algo así.

Desde el otro lado del salón, me miró y sonrió. Le devolví la sonrisa e incluso hasta mostré algunos dientes.

¿En verdad ella creía que yo parecía una modelo? Era posible. De vez en cuando se ve alguna modelo de piel morena. Ese día caminé más erguida, eché los hombros hacia atrás e hice un puchero como una modelo.

El pastel duró tres días. No quise darle a Estrella todo a la vez en caso de que fuera a hacerle daño. A lo mejor su estómago se había encogido por haber estado sin comer. Para el cuarto día, tal vez era mi imaginación, pero juro que se veía más sano, con más carne en sus huesos y menos espacio entre las costillas. Y tenía un círculo azul alrededor del hocico como lápiz labial.

Hay algo que no te dije acerca de la deportación de mi papá. Y no te lo dije porque quería que pensaras que él es una buena persona. Porque lo es. Pero si te hubiera dicho al principio que la razón por la que la policía lo detuvo fue porque iba a alta velocidad, hubieras pensado que es malo.

Hasta mi mamá piensa que es malo. No todo el tiempo, pero a veces. Él siempre le prometía a mi mamá que no manejaría rápido porque si lo atrapaban podría ser deportado. Pero fue a pescar a la montaña y atrapó la trucha más grande del río Poudre. Tal vez incluso de cualquier río. Y de regreso a casa estaba tan feliz que estaba cantando con la música ranchera del radio. Estaba tan feliz que no se dio cuenta de que la aguja estaba subiendo y pasaba de treinta y cinco hasta llegar a cincuenta. Lo que si notó fueron las luces rojas y azules que parpadeaban intermitentemente en el retrovisor. Y toda su felicidad desapareció en ese instante.

Por eso mi mamá está tan molesta que no acepta sus llamadas desde la pequeña cabina telefónica en Xono, México. Por eso no quiso mandarle dos mil dólares para pagar el coyote para que lo volviera a cruzar.

Emma, Morgan y Olivia no entenderían eso. Ellas pensarían: "¡Ay, Dios mío, tu padre es un criminal ilegal, un albañil inmigrante que excede los límites de velocidad!".

Pero ese no es él.

Él es un hombre que me susurra en el lenguaje de una antigua civilización que le construyó pirámides al sol y a la luna y que observó los patrones de las estrellas.

Lo que más le gusta a mi papá es recolectar hongos. No me acuerdo mucho de Xono, pero recuerdo cuando me llevaba a buscar hongos. Olían a lluvia y lodo, y la tierra se hundía bajo nuestros pies, y sólo íbamos él y yo porque a Dalia no le gustaba caminar mucho.

La última vez que fuimos juntos a buscar hongos, yo tenía seis años. Estuvimos en lo más profundo del bosque adonde casi nadie va.

—Zitlally, ¿por qué no buscas bajo esa piedra allá? —me dijo mi papá.

Lo hice, y había un hongo del color del atardecer que eché en la bolsa. Recogí palitos y mi papá encontró grandes troncos e hicimos una fogata. Tomamos té de un termo y asamos hongos en palos sobre el fuego. Y después, cuando se habían enfriado, sentí que estaba comiendo pequeños pedazos mágicos del bosque.

Ya cuando estábamos llenos y felices, me dijo:

—Zitlally, tu mamá y yo nos vamos al norte.

Salté a su regazo y lo abracé con fuerza.

—Yo también voy —le dije.

Muchos niños de Xono vivían con sus abuelos o tíos porque sus padres estaban trabajando en el norte. Mi peor pesadilla era que Dalia y yo nos pudiéramos convertir en dos más de esos niños.

Él me miró por un instante.

—¿Puedes caminar por mucho, mucho tiempo, Zitlally? —me preguntó.

—¡Sí!

—¿Puedes cruzar un desierto que es más caliente de lo que puedes imaginar durante el día?

—¡Sí!

—¿Y más frío de lo que puedes imaginar de noche?

—¡Sí!

—¿Sin quejarte?

—¡Sí!

—¿Puedes caminar de noche sin temor?

Hice una pausa.

—Lo puedo intentar —dije finalmente.

—¿Puedes estar tan quieta como un ratoncito y si digo "suelo" te puedes tirar a la tierra y cerrar los ojos con fuerza para que la migra no vea su resplandor?

—Sí, papá. ¡Haré cualquier cosa! ¡Por favorcito, llévame contigo!

Y lo hizo.

Ahora mis recuerdos de Xono son como pedazos rotos de un plato que se cayó y del que sólo se recuperaron algunos fragmentos. Los mejores fragmentos, los que busco una y otra vez, son de los días en que íbamos a buscar hongos.

Ahora que mi papá regresó a Xono, él podría ir a buscar hongos. Pero eso no pasará hasta el verano porque él dijo que sólo se puede recoger hongos durante la época de lluvia. Yo me preguntaba qué estaría haciendo en vez de eso. Casi no había trabajo allá, con la excepción de enseñar en la primaria, lo cual no podía hacer porque nunca terminó la primaria. Cuando él era un niño, tenía que trabajar en el campo todo el día. Tal vez estaba en las milpas ahorita. Ese era uno de los únicos trabajos en Xono.

Mi mamá dijo que probablemente estaba sentado bajo la sombra de un árbol, pescando, y que de ninguna manera le iba a enviar el dinero que ella había ganado con tanto esfuerzo. Yo esperaba que el verano se adelantara para que él pudiera recoger hongos anaranjados y venderlos en el mercado para juntar dinero suficiente para regresar a casa.

Todos los días de la semana siguiente, corrí al bosque de chatarra a ver a Estrella. A lo largo del sendero, los narcisos estaban completamente abiertos, sus pétalos amarillo brillante destellando alrededor de los pétalos más pálidos. Como estrellas por todos lados. Una buena señal.

"Tal vez mi papá volverá pronto".

Estrella meneó no solo la cola sino todo el trasero cuando me vio. Algunas veces le traía algunas rebanadas de jamón y pan o tortillas untadas con frijoles refritos, o lo que encontrara en el refrigerador.

Un día le traje un muslo de pollo. Ese fue el día que lo toqué por primera vez.

Se comió el muslo y hasta los huesos, y después tomó agua fresca del plato que le traje. Se veía tan feliz y seguía jalando la cadena para acercarse a mí. Sacaba la lengua rosada como si lo que más quisiera fuera lamerme.

Respiré profundamente y estiré la mano. Él lamió y lamió y lamió. Al principio, probablemente sólo quería lamer hasta el último rastro de la grasa del pollo. Pero después, continuó lamiendo como si todo el amor que me tuviera lo hubiera contenido en esas lamidas. Lo dejé lamer mi mano y luego me acerqué y entonces me lamió hasta el codo. Reí y reí. Y mi risa era un sonido extraño en el bosque de chatarra.

Al día siguiente, alargué la mano y la dejé descansar sobre su lomo. Le acaricié el pelaje y él respiró profundamente, puso su cabeza sobre las patas y suspiró como si estuviera en el paraíso.

Al otro día, lo abracé. Primero me apoyé en él. Después, acerqué la cara a su pelaje. No importaba si estaba sucio. Tenía un olor a perro perfecto. Y por alguna razón aparecieron mis lágrimas, aunque habían estado escondidas por un rato. Rodaban y él las lamía de mi rostro, y me reí.

Quería desatarlo y dejarlo en libertad. Empecé a desenganchar la cadena, pero luego me detuve.

"¿Y si escapa y no regresa? ¿Y si me meto en problemas? ¿Y si su dueño llama a la policía y viene a nuestra *traila* y nos pregunta por nuestros papeles?", pensé.

Quité la mano de la cadena de Estrella y le

rasqué las orejas. Le gustó y se restregó en mi mano. De cualquier forma, ¿qué hacía Estrella en el bosque? ¿Acaso pertenecía a alguien del Forest View Mobile Home Park? Entonces, ¿por qué esa persona no guardaría a Estrella en su propiedad? ¿Tal vez no se le permitía tener perros? Pero si tanto quería uno, ¿por qué no lo cuidaba mejor? ¿O tal vez esta era su propiedad? ¿Quizás yo era una intrusa?

La tarde del domingo, estaba abrazando a Estrella cuando escuché un ruido. Pasos. Alguien venía por el camino.

Me quedé petrificada.

"¡El dueño de Estrella! —pensé, y luego me dije—: ¡O algún pandillero!"

Pero normalmente ellos permanecían en el parque de los vidrios rotos en el borde del bosque. A menos que esta vez me hubieran visto venir y me hubieran seguido.

Me preguntaba si Estrella me protegería. A lo mejor él estaba fuerte ahora por todo el pastel, el jamón y el pollo que le había dado. Él me defendería.

SEGUNDA PARTE

Crystal

· 4 ·

A través de la chatarra apareció una figura. Era una niña. Una niña delgada con cabello rubio oscuro que le revoloteaba alrededor de la cara.

Crystal.

—Hola, Zitlally —dijo.

La observé. Sentí como si se hubiera colado en mi propio cuarto, como si fuera una intrusa en mi territorio.

—Sé que ya casi no hablas —dijo—. Pero está bien porque yo puedo hablar bastante por las dos. ¿De quién es el perro?

Encogí los hombros.

—Necesita un baño urgente —dijo, y se acercó a él y le rascó detrás de las orejas.

Así de fácil.

Estrella entrecerró los ojos como si estuviera extasiado. Sentí un poco de celos.

—Hola, perrito —dijo Crystal—. ¿Cómo te llamas? ¿Perrín? ¿Perrito?

—Se llama Estrella —le dije, deseando que se fuera porque ¿qué tal si ella le caía mejor a Estrella? O peor aún, ¿si se me escapaban las lágrimas otra vez? Mantuve los brazos alrededor de Estrella.

Crystal seguía rascándole el cuello.

—Estrella es bonito. ¿Pero no es nombre de chica? ¿No es eso lo que significa el nombre tuyo?

—¿Cómo sabes eso?

—¿Te acuerdas el año pasado, en cuarto grado, cuando el proyecto de los nombres? Hicimos esos carteles.

—Ah, claro.

Cyrstal se puso un dedo en los labios y se quedó pensando.

—Creo que en lenguaje humano, Estrella es nombre de chica, pero en el de los perros es de chico —dijo.

Me encogí de hombros.

Ella seguía acariciando a Estrella y hablando.

—Te vi venir por aquí y me pregunté lo que hacías. El novio de mi mamá está sin trabajo ahora y vive de mal humor. Él era un dictador de alguna isla allá lejos en el medio de la nada. Más allá de Hawái. Era tan malvado que lo desterraron y lo excomulgaron. Y tiene tantos enemigos que siempre están tratando de asesinarlo que tuvo que venirse a esconder a este agujero en Forest View.

Ella hablaba y hablaba, y algunas veces una abeja zumbaba en medio de nosotras y un pájaro volaba de aquí para allá. El aire se sentía tan dulce como la miel ahora que era primavera y ni siquiera se necesitaba un suéter. Estaba lo suficientemente calientita abrazando a Estrella. Poco a poco, dejé de preocuparme de que a Estrella le agradara más Crystal. Después de todo, ¿quién lo había salvado de la hambruna?

Además, una estrella pertenece a otra estrella.

Crystal y yo regresamos juntas. Emma estaba equivocada. Crystal no tenía mal aliento. Su aliento olía a Coca–Cola y Fritos y no era desagradable. Sin embargo, tal vez sí compraba en las ventas de garaje, juzgando por su ropa: pantalones demasiado cortos y demasiado azules con un parche de flor en la rodilla (no de los bonitos que vienen ya con el pantalón, sino del tipo que alguien cose encima de un agujero). El suéter tenía hilos plateados que parecían el reflejo del sol sobre las olas diminutas de un río. Pero de cerca se podía ver lo viejo que era, desgastado en los codos, con manchas amarillas cerca del cuello.

Frente a nuestras *trailas* se podía escuchar al novio dictador gritando. En la tele, a todo volumen, había un programa acerca de los pingüinos en Animal Planet, que podías escuchar hasta afuera en medio de las groserías del novio. Le dije adiós a

Crystal y entré a mi *traila*, y hasta dentro, con la puerta cerrada, seguía escuchando gritar al dictador. Eso hizo que me enterrara las uñas en las palmas de la frustración.

Los albañiles habían llegado temprano porque era domingo. Estaban acampados en el sofá, todos cubiertos de polvo blanco, como si alguien les hubiera arrojado azúcar glas encima. Sin embargo, no olían a donas. Olían a calcetines sudados y a cerveza. Me ignoraron cuando tomé un bocadillo de la cocina y me fui al cuarto a ver Animal Planet. Los pingüinos caminaban bamboleándose y el narrador decía que la Antártida era el lugar más duro para vivir en la tierra.

"No creo que sea así", pensé.

Si comparaba la Antártida con la *traila* de Crystal, la Antártida parecía muy pacífica, quieta y de un blanco deslumbrante, como chantillí fresco en un pastel de tres leches.

Tuve que empezar a mejorar en mis tareas porque el profesor Martin llamó a mi mamá. No sé exactamente lo que le dijo, pero su español era bueno, así que ella lo entendió.

—Zitlally, si tus calificaciones no mejoran y no comienzas a hablar más en la escuela, te voy a mandar de regreso a México con tu padre —me dijo mi mamá con voz antártica.

Parte de mí pensaba en Estrella en el bosque y lo triste que estaría si yo me fuera. Y cuánto extrañaría a Dalia y a Reina aunque no me cayeran muy bien.

Pero otra parte de mí pensaba algo muy diferente.

"¡Sería buenísimo! Así mi papá y yo podríamos ir a buscar hongos juntos y él podría susurrarles a las estrellas".

—Y tendrías que dejar la escuela dentro de tres años porque no hay escuela secundaria en el pueblo. Tendrías que ser sirvienta y lavar ropa a mano por dos dólares al día —añadió mi mamá al rato.

Decidí mejorar en la escuela.

El lunes, me esforcé en hablar más. Levanté la mano y contesté varias preguntas. Y cuando el profesor Martin se acercaba, yo buscaba a Crystal y dejaba que empezara a hablarme, para que pareciera que yo tenía amigos y no volviera a llamar a mi mamá.

Crystal estaba ahí, rascándole las orejas a Estrella, cuando llegué al bosque. Empezó a hablar y hablar acerca de cómo su papá estaba en una expedición en la Antártida, estudiando a los pingüinos, y había una gigantesca tormenta de nieve y sus líneas de comunicación se habían roto, y ella sospechaba que él estaba flotando en un glaciar en medio del mar. Yo sabía que ella lo había sacado de Animal Planet, pero era una buena historia, así que la escuché.

—Ah, órale —fue todo lo que le dije cuando terminó.

Cuando Estrella me vio, se zafó de las manos de Crystal y jaló su cadena hacia mí. Corrí hacia él y me lamió los brazos de arriba abajo. Le di un pedazo grande de queso y lo abracé. Ahora ya no me sentía celosa para nada, sólo contenta por dentro porque era obvio que él me quería más a mí.

Me quería tanto que si le desataba la cadena probablemente me seguiría lamiendo. Pero de sólo pensar en que huyera y se olvidara de mí y nunca regresara me daban ganas de llorar. Tenía que seguir encadenado por su propio bien.

—Me alegra que seas mi mejor amiga —dijo Crystal.

—¿Mejor amiga?

—O sea, que pueda venir aquí contigo y hablar contigo en la escuela y todo eso. Las otras chicas son muy creídas, ¿sabes? Como esas chicas con las que andabas antes, Morgan y Emma y las otras. Son aburridas, ¿me entiendes? —dijo Crystal mientras fingía bostezar, y luego añadió—: Yo pensaba que les caías bien porque eres bonita.

No supe qué contestar.

—Ahora sé que es porque eres simpática. Y sabes escuchar —continuó diciendo Crystal, y sonrió—. Sí, en verdad estoy muy, pero muy contenta de que seas mi mejor amiga —como si repetirlo pudiera convertirlo en realidad.

Era bonito que ella pensara que yo era su mejor

amiga, aunque no lo fuera en verdad. Ella fingía ser mi mejor amiga de cualquier modo. Esa era otra de sus mentiras. Decidí seguirle la corriente.

Un día, después de ir una semana al bosque conmigo, Crystal le acarició la panza a Estrella y suspiró.

—Tu perro es estupendo. ¡Cómo me gustaría tener un perro como él! —dijo.

"Tu perro". Eso fue lo que dijo. "Tu perro". Y era la verdad. Estrella era mi perro aunque yo no tenía ni idea de cómo había llegado ahí, bajo el cofre oxidado de la camioneta.

Había alguien más en el mundo, alguien como un malvado dictador, que pensaba que Estrella era *su* perro. Alguien que tenía un nombre diferente para Estrella, un nombre equivocado.

—Vamos a quitarle la cadena —dijo Crystal.

Mis tripas se retorcieron.

—¿Y si se escapa?

—No lo hará.

No me sentí tan valiente.

—Ahora no —dije—. Tal vez otro día.

Crystal no discutió conmigo porque Estrella era mío.

—¡Nos vemos, Zit! —dijo Crystal cuando llegó la hora de la cena, y no me molestó.

Fruncí los labios como una hermosa modelo escondiendo un secreto trágico.

—Adiós —dije.

El sábado llegué al bosque y Crystal no estaba ahí.

Abracé a Estrella y lo alimenté y él me besó por toda la cara. Le susurré en el lenguaje de las estrellas y le gustó, pero observaba alrededor, buscando a Crystal.

Y sentí que yo también buscaba alrededor. El lugar se sentía vacío, sin aire, como si la primavera hubiera sido succionada y sacada de ahí. Creo que Estrella lo notó también.

Crystal no estuvo en la parada del autobús ni en la escuela el lunes. Me preguntaba si se habría enfermado. El carro chocado y lleno de basura no estaba estacionado en frente de su *traila*.

Por la tarde, Estrella y yo nos la pasamos solos otra vez.

Esa noche, no hubo luces ni se escucharon los sonidos de Animal Planet por las ventanas de Crystal. Hubo una terrible tormenta, con truenos de los que te hacen saltar de la cama. Me quedé despierta mucho más tarde que mi mamá, Dalia y Reina. Dormían y sus ronquidos se mezclaban unos con otros.

Pensé en Estrella en la tormenta. Ojalá se enroscara bajo el cofre oxidado y no estuviera muy asustado y solito.

Me preguntaba adónde se habría ido Crystal, si regresaría y si habría tormenta donde ella estaba.

Me preguntaba si también habría tormenta en Xono. La temporada de lluvia empezaría en junio, más o menos al final de la escuela. Yo recordaba las tormentas de la temporada de lluvia. Recordaba estar en la cocina. Era una choza de carrizo con la luz entrando a través de las ranuras, el humo de la leña llenando el lugar, el cuarto resplandeciendo con los rayos. Y mi papá me sentaba en su regazo y me envolvía en sus brazos para que yo no me asustara.

Mi papá era bueno para lograr que yo no tuviera miedo.

Después de que me mordió el perro en Xono cuando tenía cinco años, dos cosas sucedieron. Empecé a tener miedo de la oscuridad. Y empecé a levantarme en el medio de la noche con muchas ganas de hacer pipí.

Eso era un problema muy grande porque para llegar a nuestra letrina había que salir de la casa y caminar a través de un bosquecillo tenebroso. Al principio, Dalia iba conmigo y se quejaba todo el tiempo.

—¡Zitlally! Te tardas cien años en orinar.

Ese fue otro problema. Me daba tanto miedo estar en la letrina que ni podía orinar. Ahí me sentaba, sosteniendo la lámpara, y me estremecía con las enormes sombras de los insectos. Y no me salía pipí. Dalia me gritaba desde afuera.

—¡Ándale, Zitlally! ¡Me estoy helando! —decía mientras levantaba la cortina y se asomaba—. ¡Pensé que tenías que orinar!

Cuando Dalia no me quiso llevar más, mi papá lo hacía. Con los ojos medio abiertos, encendía la lámpara y me tomaba de la mano.

—Vamos, *mija* —me decía.

En el borde del bosquecillo, me detenía y escuchaba los aullidos y chillidos de las criaturas escondidas. Apretaba su mano.

—¿Y si hay un perro bravo ahí? —le preguntaba.

En vez de voltear los ojos, empujarme y decirme "¡Apúrate!", como hacía Dalia, él se agachaba y tomaba una rama. Era tan larga como mi brazo, con puntas.

—Si viene un perro bravo, *mija*, pues levantas esta rama mágica. El perro se irá corriendo con el rabo entre las patas.

Apreté la rama con fuerza. Sólo tenerla hizo que los aullidos y chillidos desaparecieran. Y con la ausencia de los aullidos y chillidos, podía escuchar a los grillos chirriar, y un sonido más suave en medio de su canto. Las estrellas susurrando. Y como ya no tenía que buscar sombras de perros bravos en el bosquecillo, podía observar las sombras de la luna estirarse en frente de mi papá y de mí. Sombras grandes, altas y fuertes.

Dentro de la letrina me sentaba sobre la silla de madera, sosteniendo mi rama mágica. Al otro lado de la cortina, mi papá silbaba quedito una melodía de estrellas, sólo para que yo supiera que él estaba ahí. Y me salía pipí rápido.

Por un tiempo, cada noche después de eso, mi papá me daba una rama nueva. Siempre encontraba ramas mágicas, hasta en la oscuridad. Ahora que tengo once años, ya no creo en ramas mágicas, pero tengo que admitir que funcionaron.

En la cárcel, cuando vi a mi papá, parecía pequeño y asustado a través de la ventana plástica, y en ese momento deseé tener una rama mágica. Y aún con las lámparas cuadradas arriba en el techo, se sentía oscuro ahí, como si fuera medianoche y estuviéramos en el monte atestado de perros bravos. Quería que mi papá me buscara una rama mágica. Y me preguntaba: ¿Si él no la encontraba, podría yo misma encontrar alguna? ¿Podría yo encontrar una para los dos?

· 5 ·

Pasaron tres días antes de que Crystal regresara. Le eché un vistazo a la nota de su mamá en el escritorio del profesor Martin. Decía "Emergencia familiar".

En el recreo, Crystal se paró solita, junto a la reja. Me acerqué.

—¿Dónde estuviste? —le pregunté.

Suspiró, un suspiro largo y profundo.

—El dictador se fue. Sus enemigos descubrieron

dónde se escondía, así que huyó. A lo mejor a con-
quistar otra isla. Así que mi mamá y yo fuimos a
buscar a mi papá.

—¿A la Antártida? —le pregunté.

En verdad, sus mentiras eran demasiado exage-
radas. No se puede llegar a la Antártida en sólo
cuatro días.

—Claro que no. Acaba de regresar, y lo fuimos
a buscar al aeropuerto. Ubicaron su grupo de investi-
gación con uno de esos aparatos GPS. Así que nos
quedamos con él en un lujoso hotel por unos días,
pero ahora lo están mandando a otra misión. Esta vez
a África. Madagascar. Para estudiar lémures.

—¿Lémures?

—Tú sabes, como changos.

—Ah, claro. Lémures.

Más tarde ese día, en el bosque, Crystal me preguntó:

—¿Y qué pasa con tu papá?

—¿Cómo?

—No lo he visto por aquí.

Traté de pensar en algo tan atractivo como la

Antártida o Madagascar, pero mi cerebro no podía inventar mentiras tan rápido como el suyo.

—Tuvo que regresar a México.

—¿Y qué está haciendo allá?

—En el verano recogerá hongos. Hay unos muy buenos allá en el bosque. Es como buscar tesoros. Son rarísimos y valiosos —dije, y era verdad. Si vendías los hongos en el mercado podías ganar mucho dinero. Pero nosotros nunca los vendíamos. Los asábamos, los comíamos y nos sentíamos como reyes.

—Qué padre.

—Antes, yo iba con él y tenía buen ojo para encontrarlos —dije, pero pensándolo bien, tal vez mi papá sabía dónde estaban los hongos y me decía por dónde buscar.

—¿Cómo son? —preguntó Crystal.

—Algunos son rojos y anaranjados como el atardecer. Algunos son verdeazules como el mar. Hay de muchos tipos.

Crystal me miró largo y tendido.

—Deberías hablar más. Tienes cosas buenas que contar.

* * *

Al día siguiente en la escuela, en la fila del almuerzo, Crystal me dijo en voz baja, así como si fuera un secreto:

—Saliendo de la escuela, no vayas con Estrella. Espera hasta las cuatro, ¿está bien?

—¿Por qué?

—Sólo confía en mí, ¿está bien?

—Está bien.

Vi la tele hasta las 3:50. Bueno, la verdad miraba el reloj del reproductor de DVD y parecía ir muy, muy lento, hasta pensé que estaba descompuesto. Yo estaba solita. Casi nunca estaba sola en casa, y el aire se sentía extraño sin nadie alrededor. Ni siquiera el ruido de la tele podía llenar el espacio.

El día anterior, Dalia y mi mamá habían tenido una gran pelea y Dalia dijo que se iría a vivir con su novio y que dejaría la escuela.

—No, no lo harás, sólo tienes dieciséis años —dijo mi mamá.

—Haré lo que yo quiera —contestó Dalia.

Después, más tarde en la noche, Dalia se mudó con toda su ropa y maquillajes y cosas a una *traila* al otro lado de Forest View, y le dejó de hablar a mi mamá y no contestaba sus llamadas. Así que ese día Reina se había quedado con una vecina después de la escuela. Por suerte, yo tengo la edad perfecta. Mi mamá dice que soy muy chica para cuidar a mi hermana porque quién sabe cuáles son las leyes en este país y lo último que necesitaba era que la policía viniera a arrestarla por dejar a una niña de cuatro años con una de once.

Pero once años son suficientes para pasear por el vecindario sin que la vecina sepa lo que estoy haciendo. Le dije que iba a jugar con Crystal y ella no me preguntó nada más, sólo regresó a sus telenovelas mientras Reina jugaba con el control remoto sin pilas.

Por fin, llegaron las 3:50 y corrí al bosque. Crystal estaba sentada al lado de Estrella. Parecía emocionada por algo, tan emocionada que estaba a punto de estallar. Brincó cuando me vio. Se mecía de un lado a otro con una sonrisa enorme.

—¡Zitlally! ¡¿Adivina qué?!

—¿Qué?

—¡Hoy vas a ir a buscar hongos!

Y me dio una canasta, de esas que traen botellas elegantes de burbujas de baño. Mi papá y yo siempre usábamos bolsas de plástico, así que la canasta me hacía sentir como la Caperucita Roja, pero Crystal estaba tan emocionada que eso no me importó.

—¡Bueno, ándale! —chilló—. Búscalos.

—Pero no crecen aquí —dije—. Y aun si encontrara un hongo, no sabría si es venenoso.

—¡Sólo busca! —gritó.

Primero alimenté a Estrella con un queso y lo acaricié.

—¡Ándale! —dijo Crystal—. ¡Ve!

Levanté la canasta, dudando qué hacer.

—¡Busca detrás de esa llanta, Zitlally, mira!

Eché un vistazo detrás de la llanta y vi una bolsa de plástico Ziploc, y dentro, un hongo rojo y anaranjado. Era de los pequeños hongos que se venden aquí en las tiendas, pero en vez de ser gris, este era rojo y anaranjado. Lo saqué de la bolsa y me lo acerqué a la cara.

Crystal se apresuró para alcanzarme.

—¡Mira! ¡Tiene el color del atardecer! ¡Cómetelo! ¡Puedes comértelo!

La observé dudosa.

—Sólo es colorante de comida. ¡El rojo y el anaranjado! ¡Lo hice yo misma!

Le di una pequeña mordida al hongo. Sabía a plástico, como todos los hongos de la tienda. No tenía el sabor que recordaba de los hongos asados sobre la fogata allá en México. Me forcé a comerlo de todos modos.

—¡Ahí hay más! —gritó Crystal—. Busca un poco más.

Miré a mi alrededor, bajo las piezas de chatarra, dentro de los rines. Y sí, ahí estaban, escondidos en rincones y grietas. Hongos en bolsas plásticas, pintados de verdeazulado como el mar y de anaranjado como el atardecer.

—¡Los puse en bolsas de plástico para que no se ensuciaran!

Le ofrecí uno, y ella lo tomó, haciendo muecas mientras lo comía.

—Les falta sal —dijo.

Encontré los nueve hongos y los puse en mi canasta, excepto uno, que le di a Estrella. Él lo mordisqueó por ser cortés.

—Comeré el resto en casa —dije—. Con sal.

—Y tal vez mostaza —añadió Crystal.

Empezamos a caminar de regreso a casa.

—Y chocolate —dije.

—¡Ah, ya sé! Debes derretir chocolate en el microondas y echárselo por encima.

Todo el camino de regreso estuvimos planeando recetas para hongos pintados.

—Gracias, Crystal —le dije antes de que ella entrara a su *traila*.

—Para eso soy tu mejor amiga —dijo sonriendo, y entró.

"Tú no eres mi mejor amiga", pensé enseguida. Después pensé en el tiempo que se tomó para colorear los hongos y esconderlos y que lo hizo por mí, sólo para hacerme feliz.

Cuando me di la vuelta para ir a mi *traila*, escuché a su mamá gritar. Y pude distinguir las palabras perfectamente.

—¡Dejaste un maldito desorden aquí! ¡Colorante de comida por todos lados! —Se escuchó un gran ruido—. Debí dejarte allá con tu padre, para que los dos se pudrieran en la cárcel.

La cárcel. El papá de Crystal estaba en la cárcel. Como mi papá, sólo que el papá de ella continuaba ahí. Su mamá debía de haberla llevado a visitarlo porque su novio se fue. Y aquí estaba yo, llena de lástima por mí misma por lo de mi papá. Tal vez, después de todo, lo mío no era tan malo. Mi papá podría estar chiflando bajo el cielo azul en una milpa verde, trabajando duro para pagar su camino de regreso a nosotros. Porque *sí*, él regresaría. Y mi mamá nunca jamás iría a conseguirse un novio malvado y dictador. Mi papá volvería, sin duda, y nosotros seríamos felices otra vez.

Crystal era la que en verdad necesitaba una rama mágica. Algo que la hiciera sentir segura. Fuerte. Querida.

Tal vez sus mentiras eran su rama mágica.

Tal vez era Estrella.

Tal vez era yo misma.

· 6 ·

—Tenemos que hacerlo —dijo Crystal—. Tenemos
que quitarle la cadena a Estrella.

Era sábado y habíamos traído una cubeta de agua,
una jícara, una toalla vieja, un frasco de champú
con acondicionador con olor a naranja, tijeras y un
viejo cepillo que había dejado Dalia.

Crystal tenía razón. No podíamos bañar bien a
Estrella si estaba amarrado.

—¿No escapará? —pregunté.

—¡No, cómo crees! Nosotras somos sus dueñas ahora. Él es nuestro mejor amigo para siempre hasta que la muerte nos separe. Como tú y yo.

Me alegré de haber traído tocino. Era la comida favorita de Estrella. Lo freí especialmente para él. Y aunque tratara de escapar, yo estaba segura de que podría atraerlo de regreso con el tocino.

Contuve el aliento y empujé el gancho de la cadena con el dedo. El gancho estaba oxidado y un poco pegado, pero empujé lo más duro que pude hasta que se movió. Después, jalé la cadena y contuve el aliento.

Estrella era libre. Y se sentó ahí, meneando la cola y sonriéndome.

—¿Ves, Zit? —dijo Crystal—. Te lo dije.

Le rasqué las orejas.

—Eres bueno, Estrella. Muy bueno, Estrella —dije.

Crystal derramó el agua sobre su pelaje. Él se retorció un poco, pero se quedó. Se veía más pequeño todo mojado, y todavía podías ver los chipotes de sus costillas. Lo enjabonamos hasta que olía como un dulce de Starburst con sabor a naranja. Después lo enjuagamos y lo secamos con la toalla. Con las tijeras, Crystal le cortó los mechones enredados. Por suerte tenía suficiente pelo para rellenar los huecos.

—Voy a cortarle el pelo en capas, sólo un poquito —dijo Crystal.

Caminó alrededor de él, parándole el pelaje aquí y por allá, estudiándolo como una estilista a punto de probar un nuevo estilo.

—Ya se ve muy bien así —le dije.

—Escucha, Zit. Fíjate que hace unos años mi mamá era la dueña de una cadena superlujosa de salones de belleza, ¿me entiendes? Ella me enseñó todo lo que sabe. Soy una genio de las capas. Y puedo darle a su pelaje un peinado arrollador.

Le arrebaté las tijeras de las manos y le di el cepillo.

—Puedes cepillar y darle estilo. Pero capas, ¡absolutamente no!

—No hay problema —dijo—. Puedo hacer magia con un cepillo.

Al principio no le creí por su propio cabello despeinado y sucio. Pero cuando la vi cepillando el pelaje de Estrella, tuve que admitir que se notaba que sabía lo que hacía. Y Estrella suspiraba con deleite todo el tiempo. Tal vez la mamá de Crystal había trabajado en el Supercuts del *mall* por algún tiempo o algo así.

—¡Tatatatán! —dijo Crystal cuando terminó.

Parecía que Estrella levantaba la cabeza más alto, como si estuviera orgulloso de su nuevo estilo. Se veía sensacional. Su pelo estaba blanco como la luna. La estrella en su cabeza era negra como la noche. Corrimos alrededor y jugamos con él. Admito que yo estaba nerviosa de soltarlo, pero nunca se fue de nuestra vista. Cuando ya era hora de irnos, lo abrazamos, despidiéndonos, y lo volvimos a sujetar con la cadena.

—Hasta mañana, Estrella —le dije, y le soplé un beso.

—Cuéntame una historia, Zit —dijo Crystal cuando regresábamos por el bosque.

Fue la primera vez que me pidió que le contara una historia. Era como si a ella se le hubieran acabado sus propias historias. Por suerte, yo tenía muchas historias, historias que mi papá solía contarme.

—¿Acerca de qué? —pregunté.

—Acerca de mmm… a ver… —y miró hacia atrás, a Estrella— de animales.

Me quedé pensando.

—Bueno —le dije—, mi papá me dijo que en el tiempo de nuestros tatarabuelos, la gente tenía animales especiales. Cuando un bebé nacía, debían averiguar cuál era su animal especial. Y si algo le pasaba al animal, por ejemplo, si recibía un balazo, entonces la persona también se lastimaba. Y sentía el dolor del animal. Y si el animal moría, entonces la persona también moría.

—¡Qué horrible! —exclamó Crystal.

—Pero también —le dije—, si una persona necesitaba fuerza extra como superpoderes, podía pensar en su animal y usar sus poderes. Por ejemplo, si fuera un ciervo, entonces podría correr rapidísimo.

Crystal asentía, pensaba y escuchaba muy atentamente.

—Así que sus destinos estaban entrelazados —dijo.

Asentí.

—¿Piensas que Estrella es el animal de alguien? —susurró—. ¿Que hay algún ser humano que tiene su mismo destino?

Me encogí de hombros.

Pero dentro de mí, sabía. Yo sabía quién compartía el destino de Estrella. Y lo supe desde el día que me meneó la cola por primera vez. Y cada vez que me lamía, estaba más segura. No fue sólo una coincidencia que yo conociera a Estrella después de que mi papá se fuera. Mi papá debió pedirle a su animal especial que se quedara conmigo.

Eso me hacía sentir bien.

Pero Estrella era ilegal también, como mi papá. Sin licencia, sin papeles. Si la policía de perros venía, yo no podría probar que Estrella era en verdad mío. Y si la persona que creía que era el dueño de Estrella se lo llevara, no habría nada que yo pudiera hacer. Eso me asustaba. Estrella podría desaparecer en cualquier momento, como mi papá.

Cuando regresé a casa, los albañiles seguían en el trabajo y mis hermanas estaban viendo la tele en la sala. Mi mamá y Dalia habían empezado a hablarse otra vez porque Dalia había terminado con su novio y decía que quería regresar a la casa. De cualquier forma, nosotras la extrañamos, y además ella ayudaba a cuidar a Reina después de la escuela.

Mi mamá estaba apurada, cocinando con prisa, friendo carne y calentando frijoles y tortillas para la cena. Traía puesta una falda corta de mezclilla, una sedosa blusa negra y sus largos aretes de oro. Y estaba envuelta en una neblina de perfume casi más fuerte que el olor de la carne.

—¿Adónde vas? —le pregunté. Estaba demasiado arreglada para ir a trabajar.

—Voy a salir con mis amigas. Dalia te va a cuidar a ti y a Reina —dijo agitada, moviéndose de un lado a otro, agarrando las tazas y los tenedores tan rápido que ni siquiera se volteó a mirarme—. Voy a regresar tarde.

Me puse furiosa, al rojo vivo.

"¡¡Qué?! —pensé deseando gritar—. ¿¡Acaso Reina y yo no somos lo bastante buenas como para pasar con nosotras un sábado por la noche?!"

Decidí que no le hablaría.

Agarró un plato con una mano y con la otra servía frijoles y deslizaba algunos pedazos de carne en el plato. Hizo lo mismo con los siguientes tres platos y después los dejó caer en la mesa.

—¡Dalia! ¡Reina! ¡A cenar!

Con pocas ganas, comí unos frijoles y no le dije ni una palabra a mi mamá. Ni siquiera le pedí que me pasara la sal. Ni siquiera asentí ni moví la cabeza. Reina platicaba y platicaba sobre Dora la Exploradora y sus mágicas estrellas mientras yo fulminaba con la mirada a mi mamá.

Ella no lo notó. Devoró su comida, se limpió la boca, agarró su bolsa y dijo "buenas noches" por encima del hombro.

La malla metálica de la puerta se cerró detrás de ella.

"Tal vez debería empezar a obtener malas calificaciones para que el profesor Martin llame a mi mamá, y ella me envíe de regreso a México a vivir con mi papá", pensé. Pero en cuanto pensé eso, el estómago se me hizo cientos de miles de nudos.

La camioneta de mi papá es roja con una bandera americana en una ventanilla y una bandera mexicana en la otra. Y dice "Mora" en elegantes letras grandes en la ventana trasera porque ese es nuestro apellido. Antes, mi papá lavaba su camioneta todos los domingos después de misa, y Reina y yo lo ayudábamos.

La semana después de que Dalia regresó, Reina se enfermó con fiebre y manchas blancas en toda la garganta. Así que nos subimos a la camioneta Reina, Dalia, mi mamá y yo, y fuimos a la clínica de urgencias. Resulta que Reina tenía estreptococo, y tuvimos que manejar a la farmacia para recoger su medicina. En el camino a la farmacia, Reina estaba dormida, Dalia estaba escuchando música en sus audífonos y mi mamá me decía que teníamos que mezclar la medicina con Coca–Cola para que Reina se la tomara.

Ahí fue donde lo noté.

La luz roja, y después la sirena detrás de nosotras.

Mi corazón empezó a latir fuerte.

Cuando mi mamá notó la luz y la sirena, dejó de hablar acerca de la medicina y empezó a decir: "Jesús María José Jesús María José…". Se detuvo y murmuraba los nombres de todos los santos una y otra y otra vez hasta que el policía se acercó a su ventanilla.

—Licencia, seguro y matrícula, señora.

Ella abrió la guantera. Sus manos temblaban demasiado. Extendió los papeles. También temblaban mucho.

El policía observó los papeles temblar como si fuera la prueba de que ella era culpable.

—*I forget license. In my home. I very sorry, very sorry, mister* —dijo mi mamá en inglés.

Mi cara enrojeció. Ella hablaba inglés como un bebé. Aparte, estaba mintiendo en lo de olvidar la licencia. Ella nunca mentía pero ahora estaba mintiendo. El policía le hablaba despacito como si ella fuera una niña.

—Señora, es contra la ley manejar sin licencia. Si no la encuentra, le recomiendo que obtenga una nueva o que no maneje.

La observó duramente, como si supiera que ella era ilegal. Como si ella fuera un perro perdido sin placas, alguien a quien mandarían a la perrera, pero no sería a la perrera, sería a México.

Las lágrimas le brotaron de los ojos, y mi sensación de calor se hizo más caliente. Miré a Dalia. Su cara estaba petrificada. Tenía los audífonos en las piernas y retorcía los dedos en el cable.

"¡Ay, era lo único que nos faltaba! —pensé—. Nos van a deportar a todas, nos mandarán directo a la cárcel, y después, directo a México. ¿Tendré tiempo de decirle adiós a Estrella o tan siquiera a Crystal? Porque tal vez, sí, es mi mejor amiga después de todo y tal vez ella cuidará a Estrella, sí, yo sé que lo hará. ¿Y qué hay de Reina? Ella nació aquí y es legal. Y, ¿qué pasará si hacen que ella se quede y a nosotras nos obligan a irnos? Porque aunque ella es insoportable a veces, quiero que esté con nosotras. ¿Y quién se asegurará de que se tome los antibióticos por los diez días, y sabrá que hay que mezclarlos con Coca–Cola para que ella se los trague?"

—Señora, ¿ya se dio cuenta de que uno de sus faros no enciende? —dijo el policía.

Mi mamá no entendió. Mi boca estaba atorada, así que Dalia le tradujo.

—No, *mister* —dijo mi mamá en inglés—. *I don't know light broken.*

Él le devolvió las pequeñas hojas de papel.

—Es su día de suerte, señora. Sólo prométame que arreglará ese faro. Y aléjese de las carreteras si no tiene licencia.

—*Yes, yes, mister, thank you, thank you* —dijo mi mamá pronunciando mal las palabras. Pero no me avergoncé mucho esta vez porque estaba muy contenta de que no seríamos deportadas.

Para cuando llegamos a la casa, mi corazón había dejado de palpitar rápido, así que pude hacer mi tarea de ciencias sociales y sólo de vez en cuando me venía a la cabeza alguna imagen de las manos de mi mamá temblando.

Al día siguiente, mi mamá dijo que su corazón seguía palpitando fuerte, como si se hubiera atorado, como cuando un despertador suena y no puedes encontrar el botón para apagarlo. Por fin dijo que ya no manejaría más en este país porque eso le había dado nervios. Y empezó a decir que extrañaba a mi papá, y que tal vez tenía que mandarle dinero si él juraba no exceder el límite de velocidad otra vez.

Por unos días, la camioneta roja de mi papá estuvo ahí en frente de nuestra *traila*, como abandonada. Todos los días, yo pasaba enfrente de ella de camino a la parada del camión, de regreso a casa, de camino al bosque y de regreso. La rozaba con la mano cada vez que pasaba, y me quedaba una delgada capa de polvo en las puntas de los dedos.

El domingo después de la iglesia, íbamos de camino a casa desde la parada del camión cuando vi a los albañiles despegando de la camioneta la etiqueta de Mora con un cuchillo. Y en su lugar, le estaban poniendo una calcomanía de una mujer hermosa en traje de baño.

Mi mamá le frunció el ceño a la nueva calcomanía, pero no les dijo que quitaran sus manos de la camioneta de mi papá. Apreté los labios, furiosa.

Y adentro de la casa, mi mamá empezó a hacer huevos revueltos.

Ya no pude contenerme más.

—¿Les vendiste la camioneta de mi papá a los albañiles? —le pregunté a mi mamá.

—Sí.

—Quieres que nos olvidemos de él, ¿verdad?

—Él va a regresar a casa, Zitlally —dijo. Y sonrió, sus ojos brillando en una forma que me hizo pensar que no estaba bromeando—. Le mandé el dinero de la camioneta a tu padre. Dinero para pagar el coyote. Pronto vendrá a casa. A lo mejor en una semana, más o menos. Si Dios quiere.

Yo estaba tan atontada de felicidad que no encontraba qué decir.

—Queríamos que fuera una sorpresa, Zitlally —dijo—. Queríamos que él sólo apareciera en la puerta y viera lo contenta que te pondrías.

Ahora había tanta alegría en mí que la *traila* era demasiado pequeña para contenerla. Tanta alegría que rebosaba las ventanas y atravesaba la malla de la puerta. Tanta alegría, que lo único que pensé hacer fue agarrar algunas tortillas duras y correr a la casa de Crystal.

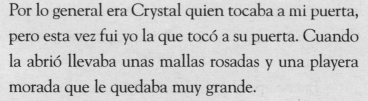

· 7 ·

Por lo general era Crystal quien tocaba a mi puerta, pero esta vez fui yo la que tocó a su puerta. Cuando la abrió llevaba unas mallas rosadas y una playera morada que le quedaba muy grande.

—¡Mi papá va a regresar a casa! —le dije—. ¿Quieres ir al bosque a celebrar?

—¡Yupiiiii! —gritó—. ¡Yupiiii!

Se puso unas sandalias brillantes y nos fuimos

corriendo por el camino y no me avergoncé de que su atuendo pareciera ropa de dormir. Ahora estábamos en plena primavera. Al lado de los narcisos, ya habían florecido los tulipanes rojos con estrellas negras y aterciopeladas en el centro.

Cuando llegamos, Estrella estaba meneando la cola como loco. Le di un abrazo y una tortilla y le quité la cadena.

—¡Oye! —dijo Crystal—. ¡Tengo una idea!

—¿Qué?

—Vamos a entrenar a Estrella. ¡Podemos montar una exposición canina para tu papá!

—¿Tú sabes entrenar perros?

—¡Seguro que sí! —dijo—. Mira, mi papá entrenó como mil novecientos perros de trineo en Alaska hace algunos años. Los de carreras, ¿sabes?

Asentí.

—Bueno, pues entrenó a casi todos los ganadores. Y fíjate que me enseñó a mí también —y acarició con su nariz a Estrella—. Además, tuvimos una cachorra llamada Poopsies, que se orinaba por todos lados y mordía todo, y el novio de mi mamá dijo que si Poopsies no mejoraba rápido, él iba a ponerla en un costal lleno de piedras y la aventaría al río.

—¡Qué horrible! —dije, y recordé que hacía un par de años había un perrito ladrando y lloriqueando en su *traila*.

—Sí, ¿verdad? Si mi papá hubiera estado ahí, habría pateado el trasero del dictador y hecho que Poopsies ganara el primer premio que le dan a los perros de trineo. Pero estaba trabajando con canguros en Australia, así que pedí prestados un montón de libros de la biblioteca y empecé a entrenar a Poopsies yo misma.

—¿Y funcionó?

—¡Casi logré que esa perrita hablara! —dijo.

—¿Dónde está Poopsies ahora? —pregunté.

Crystal miró hacia otro lado, hacia el pasto que salía de un motor viejo.

—Con mi papá. Se enamoró de ella porque se portaba muy bien. Así que le dije que podía llevarla con él en sus viajes. A veces me extraña mucho, ¿sabes?

Yo sabía dónde estaba su papá en realidad. Pero era muy tarde para decírselo ahora. Y me parecía que uno no debe decirle algo así a su mejor amiga. Así que decidí creer que su papá era en verdad un viajero del mundo que entrenaba perros de trineo, estudiaba lémures y salvaba osos polares. Y que la extrañaba a veces.

Crystal debió de haber aprendido algo de esos libros de la biblioteca porque el primer día de entrenamiento, con sólo unos Cheerios, ¡le enseñamos a Estrella a sentarse! Y el segundo día, con galletas de limón, a acostarse. Y el tercer día, con Doritos, a darse la vuelta. Era un perro muy inteligente.

El cuarto día aprendió a saludar con la pata. Ese fue el día que mi papá nos llamó para decir que estaba en Sonora, justo en la frontera del lado mexicano. Dijo que iba a cruzar hacia Arizona esa noche, hacia el lado estadounidense. Y después, sería sólo un día o dos hasta que llegara a la casa en Forest View.

Esa noche, mi mamá hizo flan y chocolate caliente para festejar, y todas juntas vimos la tele en nuestro cuarto, acurrucadas y calientitas. Dalia no se quejó del programa, y cuando Reina se espantó con el tiburón, la abrazamos fuerte y nos quedamos así, abrazadas una con otra.

Al día siguiente, en el bosque de chatarra, cuando le dije a Crystal que mi papá ya estaba en el otro lado de la frontera, ella gritó:

—¡Yupiii! Tenemos que enseñarle a Estrella algo sorprendente, algo que en verdad impresione a tu papá.

Observamos alrededor del bosque de chatarra para inspirarnos. Había flores, viñas, hierba mala, árboles y muchas piezas de carro. Una ardilla corrió a lo largo del techo de la cabina de la camioneta y se coló por la ventanilla abierta. Se sentó en el volante, haciendo chillidos chistosos, como si estuviera tratando de decirnos algo.

—¡Ya sé! —dije—. Mi papá probablemente estará triste porque vendimos su camioneta. Entonces, podemos hacer que Estrella haga algún truco en esta camioneta. Como pararse en ella o algo así.

—¡O manejarla! —dijo Crystal. Puso la mano en la manija oxidada de la puerta. Y tuvo que jalar con todas sus fuerzas para poder abrirla.

Estrella era un estudiante perfecto. Diez sobre diez. Aprendió a subirse a la cabina de la camioneta, y no sólo eso. ¡Puso las patas en el claxon y lo hizo sonar!

Crystal y yo estallamos de la risa. Y nos reímos tanto que caímos al suelo y rodamos, y no nos importó ensuciarnos la ropa. Reímos y reímos, y cuando Estrella nos vio reír tanto, tocaba el claxon una y otra vez.

—¡En verdad parece que está manejando! —dije, casi sin aliento.

—¡Tu papá se hará pipí de la risa! —dijo Crystal.

Y después, nos reímos más de eso.

El día siguiente era viernes, lo cual significaba que a lo mejor mi papá ya estaba en nuestro lado de la frontera y en camino a Colorado. Todo el día en la escuela pensé en eso. Cuando el profesor Martin me pidió leer el próximo párrafo acerca de los anfibios, yo ni sabía en qué página estábamos. Se hizo un silencio incómodo.

—Segundo párrafo de la página treinta, Zitlally —dijo Crystal.

Me sonrojé, pero sobre todo, me sentí agradecida, y no me importó que todos en quinto grado pensaran que ella era ahora mi mejor amiga.

Después de la escuela, nos juntamos con nuestra bolsa de cosas para bañar a Estrella y hacer que se viera bien para mi papá. Estrella ya se había ensuciado durante la semana, pero no estaba tan sucio como antes de que lo bañáramos por primera vez.

—Le daremos sólo un pequeño retoque —dijo Crystal.

Llenamos de agua una cubeta azul hasta la mitad y la llevamos por el camino hacia el bosque. Tuvimos que turnarnos para cargarla porque estaba muy pesada y la manija de metal se nos enterraba en las palmas.

—Qué lástima que no haya electricidad allá

—dijo Crystal—. Porque fíjate que podríamos traer las tenazas para rizos de mi mamá y darle estilo a su cabello.

—Sí, que lástima —le dije, agradecida en secreto de que no hubiera electricidad en ese lugar. Hubiera sido vergonzoso para Estrella tener el cabello rizado. Después de todo, era macho. Yo sólo quería que su pelaje estuviera limpio y blanco para que mi papá viera bien la estrella encima del cuello. Y quería que Estrella oliera a dulce de naranja.

Ahora los pétalos de los tulipanes se estaban encogiendo y volviéndose café en los bordes, y los narcisos ya se habían muerto. Qué lástima que mi papá no pudiera ver lo hermosos que se veían cuando eran nuevos y brillantes.

Eso era lo que estaba pensando cuando volteamos la esquina hacia el bosque de chatarra y vimos que Estrella había desaparecido.

TERCERA PARTE

Mi papá

· 8 ·

Buscamos a Estrella mucho tiempo. Buscamos bajo toda la chatarra. Corrimos por todo Forest View y por todas las calles gritando: "¡Estrella! Estrella!". Y les preguntamos a todos los que encontrábamos si lo habían visto. Nadie lo había visto.

Buscamos hasta por el borde de Forest View en caso de que hubiera salido del parqueadero de *trailas*. Casi todos los patios estaban protegidos con rejas de acero que al otro lado tenían un montón de tubos gigantescos. Seguimos la reja y llegamos a una autopista, donde los carros pasaban muy rápido. Después, caminamos a lo largo de la orilla de la autopista y a través de los patios de dos hoteles viejos. Y luego, regresamos a las rejas de acero y los tubos gigantescos.

—Qué lástima que nunca le tomamos una foto —dijo Crystal—. Hubiéramos podido fotocopiarla y poner letreros en todos los postes telefónicos.

Pensé en eso.

—¿Pero qué tal si su dueño los veía y se enojaba? —pregunté.

Crystal se encogió de hombros.

—Pues, tal vez podemos llamar a la perrera y ver si Estrella está ahí.

—No podemos.

—¿Por qué no?

—No tenemos papeles ni placas ni nada para probar que es nuestro. Y aparte, somos menores de edad.

"¿Qué tal si la gente de la perrera descubre que yo no tengo papeles tampoco? ¿Qué tal si toda mi familia es deportada por mi culpa?", pensé.

Nuestras piernas ya estaban cansadas de tanto caminar. Y estábamos temblando de frío porque estaba cayendo el sol y soplando el viento. Aun así, volvimos al bosque en caso de que Estrella hubiera regresado.

No había regresado.

Así que nos sentamos allí y lloramos juntas.

—Tal vez sólo fue a explorar por un ratito —dije, cuando ya quería dejar de llorar.

Crystal asintió.

—Tal vez regresará mañana.

Para cuando salimos del bosque, ya estaba oscuro. Y pasamos de prisa frente al parque de los vidrios rotos. Ahí ya estaban las pandillas pasando el rato, fumando, tomando cerveza y haciendo escándalo. Por suerte, no se fijaron ni en Crystal ni en mí.

Cuando llegué a casa, mi mamá me agarró y me abrazó tan fuerte que apenas podía respirar.

—Por Dios, Zitlally, ¿dónde estabas?

—Con Crystal —respondí.

—¿Estás bien?

Tal vez me vio los ojos rojos y la cara hinchada de tanto llorar.

—Pasó algo muy triste —dije.

"Le diré lo de Estrella y tal vez ella pueda ayudarnos a recuperarlo y así él pueda hacer los trucos para mi papá", pensé. Pero cuando fui a abrir la boca, me fijé en su cara.

Algo andaba mal, algo peor que mi llegada tarde. Su cara estaba como la mía, roja e hinchada. Sus ojos también estaban rojos.

Ella no me preguntó cuál era la cosa triste que había pasado.

—Zitlally, tenemos malas noticias, mi amor —dijo.

Detrás de ella, Reina y Dalia se abrazaban una a la otra en el sofá. Parecía que alguien hubiera muerto. ¿Era Estrella? ¿Lo atropelló un carro? ¿De algún modo ellas sabían que Estrella era mío?

—Es tu padre, mi vida. Está secuestrado.

Yo creía saber lo que significaba la palabra "secuestrado", pero tal vez no lo sabía, porque eso sólo pasaba en las películas, no en la vida real.

Pero después, me di cuenta de que sí lo sabía, porque Dalia lo tradujo al inglés: *kidnapped*.

Secuestrado, secuestrado, secuestrado.

Durante la noche, eso era todo de lo que mi mamá habló en el teléfono con mis tías Rosa, Virginia y María. Y con el tío Luciano en México. Y cuando ella decía secuestrado, siempre estaba jalándose el cabello o dándoles vuelta a sus anillos o arrugando un paño. Y también temblaba, como cuando el policía la detuvo, sólo que esa vez le duró cinco minutos y esta vez el temblor le duraba muchísimo más.

Mi mamá dijo que unos hombres malos la llamaron por la tarde. Tenían prisionero a mi papá en el desierto. No lo dejarían ir hasta que ella les pagara diez mil dólares. Ella les dijo que no tenía tanto dinero.

—Pues, consígalo —le dijeron y colgaron.

No dormimos. Estuvimos despiertas toda la noche, murmurándonos una a la otra, secuestrado, secuestrado, secuestrado. Dijimos los nombres de toda la sagrada familia una y otra vez: Jesús María José Jesús María José Jesús María José.

* * *

El sábado en la mañana, Crystal vino a la puerta.

—¿Quieres buscar a Estrella? —dijo.

Negué con la cabeza.

—Ah —miró sobre mi hombro—. ¿Está tu padre aquí?

—No. Hay un problema —me agaché y miré mis pantuflas de peluche—. Es que no puedo hablar ahorita.

Ella parecía ofendida, pero cerré la puerta y regresé al cuarto con Reina y Dalia y vimos la tele todo el fin de semana.

Pero en realidad yo no veía la tele. Me quedaba mirando el movimiento de las imágenes y los colores, preguntándome cómo se sentiría estar secuestrado. Me preguntaba si le estarían dando de comer a mi papá. Me preguntaba si tenía los ojos vendados.

El lunes y el martes no fui a la escuela y mi mamá no se dio cuenta.

Crystal sí.

Dejó los apuntes y tareas en mi puerta, en unos grandes sobres amarillos cubiertos con pegatinas de delfines brillantes. Había copiado todos sus apuntes en hojas rosadas para mí. Tenía una letra clara y redonda, y encima de cada una de sus letras "i" hizo pequeñas caritas de perro. Eso parecía mucho trabajo.

Le pregunté a mi mamá cómo se sentía estar secuestrado, y si mi papá tenía comida y si tenía los ojos vendados.

No quiso contestar. Dijo que eso me daría pesadillas.

Así que le pregunté a Dalia qué le había pasado a mi papá. Exactamente.

Ella me contó. Dijo que allá hay hombres malos que rondan por el desierto de la frontera. Parecen rancheros y manejan sus camionetas por todas partes, y si ven a algún inmigrante que parece perdido, o con hambre y sed, le dicen: "Súbete y te daremos Coca–Cola y sándwiches". Y aunque tengas un mal presentimiento, te subes porque tienen pistolas en los pantalones. Y después, te llevan a su casa y te encierran en un cuarto sin ventanas y llaman a tus familiares y les dicen que si no reciben el dinero pronto, matarán a la persona secuestrada. Dalia sabía esto porque eso le había pasado a su ex novio cuando cruzó.

—¿Papá tiene los ojos vendados? —pregunté. De alguna manera, tener los ojos vendados parecía la peor parte. No poder ver. No saber qué pasaba. O qué pasaría después.

—Quién sabe —dijo Dalia como pensando en voz alta—. Supongo que sólo está encerrado en un cuarto.

—¿Con comida?

—Supongo que le dan de comer. —Normalmente, a Dalia no le gustaba contestar mis preguntas, pero ahora era paciente. Continuó—: Pero a lo mejor es comida mala, como tortillas viejas y frijoles fríos y duros sin salsa.

—Tal vez mi mamá podría llamar a la policía —dije.

—No puede. Porque no tenemos idea de dónde está mi papá. Y él es ilegal. A nadie le importa, sólo a nosotras. Y si la policía lo encuentra, lo mandarán de regreso a México otra vez.

Me bañé en la tina con agua calientita y con muchas burbujas. Cerré los ojos, imaginando que estaba en un cuarto oscuro con comida mala. Y después, traté de imaginar dónde estaba Estrella. A lo mejor en un lugar oscuro también, tal vez asustado y con hambre y extrañándome. Era verdad, sus destinos estaban entrelazados.

Mucho tiempo atrás, antes de que dejáramos México, mi papá lo sabía todo y podía hacer cualquier cosa. Cuando yo tenía seis años, un día antes de venirnos a Colorado, fuimos a un picnic en Xono.

—Ponle atención a todo, *mija* —me dijo—, porque tal vez no regresemos en mucho, mucho tiempo.

Luego se pasó la mano por la cara y mi mamá le tocó el hombro.

Encontramos un lugar cerca del arroyo, en la hierba tierna de color verde claro. Me fijé en lo suave que era, como un tapete de plumas. Me fijé en cómo sonaba el agua, a veces ligera como el canto de los pájaros, y a veces profunda como las campanadas de la iglesia. Mi papá encontró un lugar donde el ojo de agua salía directo de las piedras cubiertas de musgo. Llenó un vaso y dejó que Dalia, mi mamá y yo nos turnáramos bebiendo la dulce agua fría.

"¿Cómo sabe mi papá qué agua te puede enfermar y qué agua es buena?", me pregunté en ese momento.

Devoré mi almuerzo para poder jugar en el arroyo con Dalia. Cuando me puse en pie de un salto, mi papá levantó el pedacito que sobró de mi sándwich de aguacate y queso.

—¿Te vas a terminar esto?

Negué con la cabeza y chapoteé en el agua.

Él sonrió de medio lado.

—Este pedacito de sándwich puede ser un festín para cuarenta y siete hormigas.

Dejé de chapotear.

—¿De veras? ¿Cuántas serían para comer todo el sándwich?

Miró al cielo y pensó.

—Quinientas sesenta y dos —dijo, y aventó el pedazo de sándwich hacia los árboles.

Yo imaginé cientos de hormigas devorándolo.

—Pero sólo quinientas treinta y tres si tienen mucha hambre —añadió luego guiñándome un ojo.

"¿Cómo sabe eso mi papá? —pensé—. ¿Habrá algo que no sepa?"

Después nos vinimos a Colorado. Y aquí cada día yo descubría nuevas cosas que él no sabía y no podía hacer. No podía preguntarle a la señora en Walmart dónde estaban las bolsas para la basura. No podía pronunciar el nombre de mi escuela. No sabía la regla de la "e" muda. Y a lo mejor tampoco sabía cuántas hormigas americanas se comerían un sándwich.

A veces me gustaba ser yo la experta. Me sentía orgullosa de explicarle que en inglés, la "j" hace el sonido de "y" fuerte. O de preguntarle al joven en la ferretería Ace si el cincuenta por ciento de descuento en luces navideñas ya estaba rebajado del recibo. O de leer el letrero encima del helado rosado, el que decía que era de menta y no de fresa.

Pero a veces deseaba que pudiéramos regresar al picnic en la orilla del arroyo cuando mi papá lo sabía todo y podía hacer cualquier cosa. Regresar a la época en la que yo todavía no había escuchado las palabras "deportado" o "secuestrado". En ese entonces, yo nunca jamás, ni en un millón de años, hubiera imaginado que esas cosas le podían pasar a mi papá.

El miércoles fui a la escuela. Eso me distrajo un poco de imaginar a mi papá encerrado en un cuarto oscuro con comida mala.

Crystal fue extra amable conmigo.

—Tu cabello se ve bonito —dijo, aunque estaba igual que siempre.

—No encontraste a Estrella, ¿verdad? —le pregunté.

Negó con la cabeza.

—Le dejé un montón de salchicha allá, pero creo que las ardillas se la comieron.

En el almuerzo, después de una pizza blanda de la cafetería, Crystal me explicó cómo sumar y restar fracciones, porque me lo había perdido en la clase de matemáticas. En su servilleta hizo un dibujo de una pizza con diez trozos.

—Eso es diez décimos —dijo—. Y cada uno de esos trozos es un décimo.

Cuando terminó, me imaginé los $10.000 que mi mamá necesitaba como una pizza. Ella tenía $5.000 que le quedaban de la venta de la camioneta de mi papá, lo cual era $5.000/$10.000, como la mitad de la pizza. Y ella tenía $1.000 ahorrados en el banco, lo cual era como un trozo de pizza. Así que ella le tenía que rogar a todos sus amigos, familiares y compañeros de trabajo que le dieran $4.000 más, lo cual era como cuatro trozos de pizza. El problema era que cada amigo sólo tenía un pequeño pedacito de pizza. Esto significaba que ella estaba en el teléfono todo el tiempo, buscando los cuatro décimos que necesitaba, diciendo "secuestrado, secuestrado, secuestrado".

La palabra había empezado a lastimarme, como una pequeña aguja apuñalándome. Yo no quería ir a casa y tener que escucharla de nuevo toda la tarde.

—¿Quieres ir al bosque hoy? —le pregunté a Crystal.

—Sí —respondió. Y agregó seriamente, en voz baja—: Zitlally, tenemos que hacer un plan.

· 9 ·

En el bosque, nos recostamos en las llantas de la
camioneta con la cabeza hacia atrás, los ojos cerra-
dos y la boca abierta. El sol nos brillaba en la cara,
directo en la boca.

Estábamos comiendo rayos de sol.

Esa fue idea de Crystal. Dijo que cuando era
pequeña y no había comida en su casa, ella salía y
comía rayos de sol. Encontraba destellos de sol

brillando a través de las hojas de los árboles y los lamía con el dedo. Eso siempre la hacía sentir mejor.

Y eso era lo que hacíamos en el bosque de chatarra, tratando de sentirnos mejor.

Crystal se relamió.

—Qué rico —dijo. Y agregó—: Zitlally, ¿dónde está tu papá?

Pensé decirle que en la Antártida o en Madagascar. Pero no pude pensar en otro país tan rápido, y si decía la Antártida o Madagascar, ella sabría que yo la estaba copiando. De cualquier modo, ¿para qué mentir? Y aún si ella contara lo de mi papá, pensarían que estaba mintiendo. Pero en realidad, yo no creía que se lo fuera a decir a nadie.

—Está secuestrado.

—¡Ay, Dios mío! —dijo Crystal.

Y se me salió toda la historia, hasta la parte de que él no tenía papeles. Traté de terminar con una nota positiva.

—Por lo menos creemos que no tiene los ojos vendados.

—Pues, supongo que eso es bueno —dijo, y se calló por un minuto, pensando.

Yo casi podía ver sus pensamientos encendidos como cometas en su cabeza. Me di cuenta de que era inteligente. La forma en que había explicado las fracciones, aún mejor que nuestro profesor de matemáticas, me hizo darme cuenta de lo inteligente que era. Había toda una galaxia de pensamientos sabios en su cerebro, todos iluminados como estrellas.

De repente, Crystal levantó la cabeza.

—¡Lo tengo! —dijo.

—¿Qué?

Sus ojos chispeaban, como si una lluvia de meteoros pasara detrás de ellos.

—¿Sabes quién es el espíritu animal de tu papá, Zit?

Por un segundo no dije nada. Y luego:

—Estrella —dije.

—Exacto. Cuando Estrella desapareció, tu papá desapareció.

Por supuesto, yo ya sabía todo esto, pero ahora

que Crystal lo decía en voz alta, supe lo que tenía que hacer.

—Si recupero a Estrella, mi papá regresará a casa.

Crystal me dio unas palmadas en el hombro.

—Te ayudaré a encontrarlo.

—Gracias —dije.

Ella siguió palmeando mi hombro.

—Es mi deber como tu mejor amiga —respondió, y reposó su mano sobre mi espalda—. Y más, porque la vida de tu papá depende de ello.

Nuestro plan era tocar a la puerta de cada *traila* en Forest View y preguntar si sabían algo de Estrella. Había doscientas *trailas* en total. Sabíamos eso porque cada una estaba numerada, con números negros en un letrero blanco encima de cada puerta, menos en algunas *trailas* donde el letrero se había caído y nadie se había molestado en ponerlo de vuelta en su lugar. Decidimos preguntar en cuarenta *trailas* por día, o la quinta parte.

Así que en cinco días o antes, habríamos

encontrado a Estrella. O una información que nos ayudara a encontrarlo.

Yo sólo esperaba que mi papá pudiera aguantar tanto tiempo.

Es increíble que haya tanta gente diferente en este mundo, y hasta en este parqueadero de *trailas*.

Algunas personas eran amables y sonreían con tristeza cuando preguntábamos por Estrella, y decían que rezarían por él. Una señora nos ofreció un perrito para remplazar a Estrella, pero le dijimos que no y le dimos las gracias. Era Estrella al que queríamos, ningún otro perro en el mundo podía remplazar a Estrella.

Algunas personas ni abrían la puerta. Miraban por encima de la tele y gritaban: "¡¡Qué!?". Y cuando les preguntábamos acerca de Estrella, gruñían: "No". Algunas personas actuaban como si fuéramos tontas porque no sabíamos la raza de Estrella y él no tenía placa de identificación.

Crystal era la que hablaba la mayoría del tiempo, y yo me quedaba atrás, tímida.

—¡Hola! —decía ella—. Me llamo Crystal, y ella es mi mejor amiga, Zitlally…

En casi un tercio de las casas, nadie hablaba inglés, así que tuve que hablar español. Después de la primera, Crystal dijo:

—¡Órale! ¡Qué inteligente! Hablas dos idiomas perfectamente.

Yo nunca lo había visto de esa forma. Y me gustaba pensar así. Especialmente, me gustaba pensar: "Órale, mi mamá es inteligente. Habla dos idiomas, y aunque su inglés no es perfecto, habla los dos, lo cual es más que la mayoría de la gente. ¡Y mi papá habla tres!".

Por tres días, fuimos de casa en casa, cargando una libreta para marcar en qué casas ya habíamos estado y también para apuntar pistas. Pero nadie sabía nada. Nuestra página titulada "Notas" estaba en blanco.

Mientras tanto, en esos días, mi mamá juntó los cuatro mil dólares que necesitaba de poquito en poquito. Al cuarto día, sábado, fue a mandar el dinero en la Tienda Mexicana, a la salida de Forest View. No fui con ella porque no quería atrasarme con nuestras cuarenta *trailas* por día. Y qué bueno que no lo hice porque en el cuarto día, algo pasó.

En la *traila* número 142, salió a la puerta un niño pequeño, tal vez de unos cuatro años, con cabello negro rebelde.

—¿Está tu mamá o tu papá? —preguntó Crystal.

Él se nos quedó mirando.

Le pregunté en español.

Negó con la cabeza.

—¿Algún mayor o joven? —pregunté en español.

Asintió.

—Pero Nora está durmiendo —dijo.

Después de que traduje, Crystal se agachó al nivel del niño y lo miró fijamente a los ojos.

—¿Has visto a un bonito perro blanco, *well-trained* y *fit*, de esta altura, con una hermosa estrella negra encima del cuello? —le preguntó en inglés. Después, se volteó hacia mí y me murmuró al oído—: Pregúntale en español, Zit.

Y lo hice, pero no sabía cómo decir *well-trained* o *fit*, así que me brinqué esas partes.

—Hace mucho tiempo. Cuando todavía hacía frío —contestó el niño.

—¿Dónde? —pregunté.

Señaló la *traila* vecina, la número 143.

—El señor Ed tenía un perro, pero siempre hacía hoyos por todos lados, y mi mamá dijo que iba a llamar a la policía de perros para que se lo llevaran.

—¿Y después? —le pregunté.

—Y después, el perro desapareció.

Cuando le expliqué todo a Crystal, abrió muchísimo los ojos.

—Puede ser Estrella —dijo.

—Puede ser —asentí.

Le agradecimos al niño y fuimos a la *traila* 143.

Tocamos el timbre.

Nadie respondió.

Tocamos con los nudillos.

Nadie respondió.

Golpeamos con los puños.

Nadie respondió.

Nos asomamos por la ventana. Estaba sucio y las persianas estaban cerradas. Pero por una rendija, vimos una sala muy desordenada, llena de muebles, cajas, revistas y basura. Ni rastro de Estrella.

A un lado de la *traila*, en una parte con grava, había una camioneta ladeada con la defensa caída. Filamentos de óxido color café se asomaban a través de la pintura anaranjada. Esta camioneta habría encajado perfectamente en el bosque de chatarra.

Detrás de la camioneta, había un pequeño patio de lodo y tierra con algo de pasto en los bordes. La basura estaba amontonada a un lado de la *traila*: un viejo refrigerador, una aspiradora y un horno tostador. Y en la parte de atrás, había un pequeño cobertizo con la pintura roja y descascarada y el techo agujereado.

—¡Escucha! —dijo Crystal.

Escuché.

Un sonido tenue venía del cobertizo, un chillido agudo. Un gemido. Un animal con dolor.

La reja de metal rechinó al yo abrirla. Caminé hacia el cobertizo. Crystal me siguió. Y anduvimos de puntillas alrededor de este. Los quejidos eran más fuertes ahora. No había ventanas, sólo una puerta con un candado abierto.

—¿La abrimos? —pregunté.

—Tenemos que hacerlo —dijo Crystal.

Y tomó mi mano en la suya y la apreté fuerte, y con la otra mano abrí la puerta, sólo un poquito, sólo tantito para ver adentro. Una delgada línea de luz entró a través de la puerta y alumbró a Estrella.

—¡Estrella! —gritó Crystal.

—¡Estrella! —grité yo.

Lo abrazamos durante un buen rato. Dejó de quejarse y nos lamió la cara y los brazos de arriba abajo. Y después, nuestros ojos se acostumbraron a la oscuridad y vimos que Estrella estaba lastimado.

Tenía una tira de franela azul amarrada alrededor de la pata delantera, donde se unía la pata al cuerpo. Tenía cinta adhesiva enrollada encima de la franela, que estaba sucia y manchada de sangre. Parte de la sangre era de color café y parecía vieja y seca. Pero otra parte era roja y parecía fresca y reciente. Y olía tan mal que cubría el buen olor natural a perro de Estrella.

Tenía el hocico seco y se veía sediento, pero el plato a su lado estaba vacío.

—Está secuestrado —dijo Crystal muy seria.

—Secuestrado —susurré. Y después, dije más fuerte—: Vamos a sacarlo de aquí.

El lugar era escalofriante, lleno de máquinas viejas y descompuestas, podadoras, barredoras de hojas, sierras de cadena, herramientas y carretillas. Hacia atrás había bolsas de tierra, botellas de veneno para la hierba mala, pilas de cajas de plástico viejas y cañas de pescar. Olía a metal viejo revuelto con lodo y químicos.

—¿Crees que puede caminar? —preguntó Crystal.

—Tiene que poder —le dije—. Al menos tres cuartos de sus piernas funcionan bien. Puede hacerlo. Él es fuerte. Él es Estrella.

—Debemos apurarnos —dijo Crystal—. Su malvado secuestrador podría regresar en cualquier momento.

Y entonces la puerta se abrió y la luz del día me cegó.

Parpadeé un par de veces y después vi al malvado secuestrador, acercándose, sosteniendo un bastón puntiagudo por encima de su cabeza.

· 10 ·

Era viejo, tal vez de unos setenta años, con pelo blanco muy cortito, y la cara toda arrugada con manchas color café en la piel, verrugas grandes y feas, puntos negros y pesadas bolsas debajo de los ojos. Sus uñas parecían garras amarillas sujetando el bastón. Era delgado, con una camisa de franela que colgaba de sus huesos como la que estaba alrededor de la pata de Estrella, sólo que ésta era roja y negra, con una camiseta agujereada debajo, y con pequeños pelos blancos asomándose en el cuello. Casi no tenía labios, sólo dos líneas despellejadas en un tono más oscuro que su piel pálida, y burbujas de saliva en las comisuras.

Bajó el bastón.

Crystal se levantó y le tendió la mano.

—Usted debe de ser el señor Ed.

—Habla más fuerte, niña —dijo—. Estos oídos ya no son lo que eran antes.

Sus palabras rechinaban como si él mismo fuera una máquina vieja, como si su voz fuera algo que necesitara aceite.

—¡USTED DEBE DE SER EL SEÑOR ED! —grito Crystal.

—Pues sí, ese soy yo, niña, ese soy —tosió un par de veces sin cubrirse la boca. Después agregó—: ¿Y qué están haciendo en mi cobertizo, chiquillas?

Pensé que este sería el mejor momento para correr, porque ¿quién sabía si él empezaría a golpearnos con el bastón? Pero eso significaba abandonar a Estrella, lo cual no podía hacer.

—¡TIENE A NUESTRO PERRO! —gritó Crystal.

El señor Ed se rió entre dientes, y se podía ver que estaban manchados en varios tonos de amarillo y color café, chuecos, y le faltaban algunos, casi la quinta parte.

—¿Ustedes son las que lo han alimentado allá en el viejo basurero?

Me ofendió que él llamara a nuestro bosque un basurero. Especialmente considerando cómo se veía su propia casa.

Pero Crystal sólo asintió.

—Pues, les debo las gracias, amiguitas.

Crystal y yo nos miramos una a la otra.

—Llegaron en buen momento para decir sus adioses. Estoy a punto de llevarlo a la perrera.

—¡SOBRE NUESTROS CADÁVERES! —gritó Crystal, aventando sus brazos alrededor de Estrella.

—Pero cálmate, criatura.

—¿QUÉ LE HIZO? —exigió Crystal.

El viejo tosió un par de veces más, bajó el bastón y se sentó en un tronco cerca de la puerta del cobertizo. Después puso el bastón en su regazo y nos contó la historia de cómo obtuvo a Estrella, a quién él llamaba Jim-Boy.

—Un día muy agradable del invierno pasado, estoy pescando en el río Poudre y encuentro un perro flaquito y sucio en la carretera. Se sienta al lado mío, muy bien portado, y me digo a mí mismo, él me hará buena compañía al pescar. Así que me lo llevo a casa y después, empieza con sus escarbaderas. Escarbando hoyos por todos lados y los vecinos empiezan a refunfuñar. "¡Ay! ¡Él destruyó mi jardín! ¡Ay! ¡Voy a llamar a la perrera!" Y lo amarro en aquel basurero, pensando que él sólo escarba porque está aburrido, y cuando venga la primavera, cuando vayamos a pescar todos los días, él dejará de hacerlo. ¿Por qué los perros siempre escarban? Como esas ardillas. Pongo alpiste para los pájaros, pero luego, esas ardillas se lo comen, las bribonas.

Me preguntaba qué tenía que ver el alpiste y las ardillas con Estrella, cuando el señor Ed miró su bastón.

—Y ahora, ¿de qué estaba hablando? —dijo confundido.

—Estaba hablando de Estrella —dijo Crystal.

—¿Qué es eso?

—¡ESTRELLA! —gritó Crystal—. ¿POR QUÉ LO AMARRÓ Y LO ABANDONÓ?

—Ah, sí. Pues, fíjense que el día después de que lo amarro, me caigo y me rompo la cadera. Estuve en el hospital varias semanas. Les digo a mis enfermeras, "Oigan, ahí en el basurero hay un perro que necesita comida y agua". Y ellas piensan que estoy loco, y me dicen, "Bueno, señor, por ahora descanse y coma y vea la tele y recupérese". Y yo estoy feliz ahí, con la buena comida y todos esos canales. Porque hasta tenían cable. ¿Y ustedes saben lo que se dice de la comida de los hospitales, que sabe a cartón? ¡Pura mentira! Todas las mañanas, avena, café, jugo. Y esa fruta, verde y muy elegante… cómo se llama…

Crystal se levantó, como si la elegante fruta verde fuera la gota que hubiera derramado la copa.

—¡ESTRELLA! ¡ESTRELLA! ¡¿QUÉ PASÓ CON ESTRELLA?!

—Ya voy, señorita. Regresé del hospital la semana pasada, y estoy pensando que tengo que ir a buscar a ese perro y enterrarlo. ¡Pero qué milagro! ¡Está vivo! Pues, digo, Jim-Boy, es un día bonito, y tú y yo vamos a ir a pescar. Lo pongo en la parte trasera de mi vieja camioneta y nos vamos. Pero estamos en el camino de Poudre Canyon, andando bien rápido, cuando a su cerebro de hormiga se le ocurre saltar. Me detengo, y estoy pensando que está muerto, el pobrecito, pero está ahí tirado, quejándose. Luego, lo traigo a casa y lo pongo en el cobertizo. Sin nada de dinero para llevarlo al veterinario. Pero cada día empeora, y esa pata ya huele feo, y no tengo más opción que llevarlo a la perrera. Y para colmo, mi hija dice que me mudo con ella. Dice que soy incompetente o algo así. Dice que para qué quiero un perro si ni puedo cuidarme a mí mismo. Ya no me deja manejar tampoco. Miren ahora, aquí viene Jenny.

Y en ese momento, un pequeño carro de dos puertas rechinó al detenerse al lado de la camioneta del señor Ed. Tan rápido como un gran remolino, Jenny saltó del carro.

* * *

La cara de Jenny estaba torcida en una mueca. Tal vez la mueca se le había atascado en la cara y ella no sabía cómo desatascarla. O quizás la mueca tenía que ver con su pelo, el cual estaba encrespado como si se hubiera enredado en velcro. Su pantalón negro y su camiseta gris combinaban con la sombra debajo de sus ojos. Sus codos puntiagudos sobresalían de su cintura en pequeños triángulos furiosos.

Nos miró a Crystal y a mí, y su mueca se hizo más evidente, pero no nos dijo nada. Sólo agitó la mano frente a la nariz.

—*Guácala*, ese perro apesta —dijo.

"Bueno, ella es alguien a quien no quisiera tener por amiga", pensé inmediatamente. Y aprecié aún más a Crystal.

—Ándale, papá —dijo Jenny. Lo tomó por el brazo y le puso el bastón en la mano. Después, hizo un gesto hacia Estrella—. ¿Y cómo vamos a subir esto en la camioneta, me gustaría saber?

Crystal rodeó a Estrella con los brazos.

—Nosotras nos llevaremos a Estrella —dijo como si fuera la reina del universo.

Jenny frunció el ceño.

—¿Estrella?

—Él no se llama "esto" —dijo Crystal—. Se llama Estrella.

—Váyanse a su casa, niñas —dijo Jenny despachándonos con la mano mientras el señor Ed se quedaba quieto a su lado—. Tengo que hacerlo —añadió—. No es precisamente divertido llevar a un perro a que encuentre su fin.

—¡¿Qué?! —grité.

—¿Piensas que van a gastar medicina en un perro viejo? No, pero harán que deje de sufrir.

Me arrojé sobre Estrella y lo abracé. Gimió, pero estoy segura de que en el fondo estaba agradecido de que lo estuviéramos protegiendo.

Jenny se recostó contra una pared y sopló el pelo que le caía en los ojos.

—¿Sus papás quieren un perro? ¿Tienen dinero para pagar el veterinario?

—Por supuesto. Mi padre es veterinario. Tenemos un patio gigante con valla y una casa de perro bien moderna. Es un paraíso para perros. De hecho, estábamos pensando en conseguir un perro, uno grande y blanco. Bien educado, en forma y bonito —dijo Crystal sacando la barbilla.

Jenny entrecerró los ojos. El delineador negro alrededor de los ojos la hacía verse un poco vampiresa con el cabello alborotado. Abracé más fuerte a Estrella.

—Bueno —dijo después de un rato—. Llévenselo. Pero si ese padre veterinario tuyo dice que no te lo puedes quedar, no lo traigas de regreso aquí.

El señor Ed le dio una palmada a Estrella en la cabeza, y después dejó que Jenny lo arrastrara hacia la *traila* por el codo.

—Niñas, llévenselo a casa en esa carretilla. Quédensela. Dios sabe que ya no puedo usarla. Cuiden al querido Jim-Boy. Es un buen perro —dijo.

—¡GRACIAS, SEÑOR ED! —le dijimos, y empezamos a subir a Estrella a la carretilla.

—No odio al señor Ed. No exactamente —dijo Crystal de camino a casa.

—Tienes razón. Después de todo, no es un malvado secuestrador.

—Me recuerda un poco a mi abuelito —dijo Crystal.

Era difícil escucharla en medio del chirrido de las llantas de la carretilla, que sonaban como los gemidos de una manada de elefantes moribundos.

Desde la *traila* de Crystal, pudimos escuchar gritos.

—¿Ya regresó el dictador? —pregunté.

—Ya regresó —dijo suspirando Crystal.

Así que llevamos a Estrella a mi *traila* en vez de a la suya. A mi mamá no le gustaban los perros, y me imaginaba que no estaría muy contenta de que Estrella se quedara con nosotras en medio de todo el desastre por el que estábamos pasando.

Pero mi mamá no estaba en casa, sólo estaban Dalia y Reina mirando la tele. Mi mamá probablemente estaba mandando el dinero.

Dejé a Crystal y a Estrella afuera y me paré frente a la tele para que mis hermanas me prestaran atención.

—Hermanas, hay algo que tienen que ver.

Me siguieron afuera y les presenté a Estrella. Estaba sentado en la carretilla, y les ofreció un saludo con su pata sana. Prácticamente podías ver sus corazones derretirse, aunque la pata enferma oliera mal. Les expliqué cómo encontré a Estrella y cómo le dimos de comer y lo entrenamos y después, cómo se lastimó y quedó secuestrado en el oscuro cobertizo del señor Ed, sin ventanas, por varios días.

—¿Entonces, tenías un perro en secreto todo este tiempo? —me preguntó Dalia—. ¿Por eso siempre te desaparecías?

Asentí.

—Estrella está lastimado. Tenemos que llevarlo al veterinario —dijo Crystal.

—¿Tienes dinero para el veterinario? —le preguntó Dalia a Crystal.

Mi amiga negó con la cabeza.

—Pues nosotras tampoco —dijo Dalia—. Ni siquiera cinco dólares para comida.

Me sentí un poco apenada de que ella le hubiera dicho eso a Crystal. Pero era verdad. El día anterior tuvimos que ir al banco de comida, y aunque la comida no fue mala —los pequeños vasitos de duraznos congelados estaban bien ricos—, eran del banco de comida. Eso era peor que comprar ropa en las ventas de garaje.

—El dinero no importa —dijo Crystal—. Vamos a llevar a Estrella al veterinario y ya encontraremos alguna manera de pagar.

Le di agua a Estrella y le freí tocino mientras Dalia buscó en el directorio y encontró al veterinario más cercano. Estaba más o menos a una milla de distancia. Llevamos a Estrella en carretilla a través de Forest View, salimos a la autopista y la seguimos, pasando hoteles en ruinas y tiendas mexicanas. Le dimos trocitos de tocino por el camino para darle ánimo.

Aunque a Dalia no le gustaba caminar ni ser vista con niños, sólo se quejó una vez, cuando nos pasó una camioneta grande y azul, de cuya radio salían rancheras.

—Más vale que ninguno de mis amigos me vea empujando a este perro con ustedes —murmuró.

Reina era buena compañera también. Tenía que caminar el doble de rápido con sus pequeñas piernas gorditas para seguir nuestro paso, pero sólo nos hizo cargarla un par de minutos.

Después de media hora, más o menos, llegamos a un edificio de cemento color rosado que decía CLÍNICA VETERINARIA LA MASCOTA FELIZ, con un dibujo de un perro a un lado y un gato del otro, y un letrero debajo que decía SE HABLA ESPAÑOL.

—Zitlally, tenemos que convencerlos de que ayuden a Estrella. Recuerda que cualquier cosa que le pase a Estrella le pasará a tu papá —susurró Crystal.

Cuando Crystal dijo eso, todas las silenciosas y temerosas lágrimas dentro de mí se convirtieron en palabras, en un mar enorme de palabras, ola tras ola tras ola de palabras. Y supe exactamente lo que tenía que hacer con ellas.

· 11 ·

Caminé directo al mostrador y miré a los ojos de la señora de pelo negro con rayas anaranjadas.

—Señora, encontramos a Estrella y lo cuidamos, pero después, se cayó de una camioneta y se lastimó la pata. No tenemos papeles ni placas ni nada, ni siquiera sabemos si está vacunado. Pero lo queremos muchísimo y le damos tocino y lo entrenamos para sentarse en una camioneta a tocar el claxon y lo trajimos hasta aquí, empujándolo en una carretilla. No tenemos dinero para pagarle. Pero es muy, pero muy importante que usted lo salve. Y Crystal y yo haremos cualquier cosa. Venderemos limonada todo el verano y le traeremos todo el dinero que ganemos. Trabajaremos para usted y limpiaremos los pelos de los perros y la caca de los gatos o cualquier cosa que usted quiera. Por favor, señora, por favor, ayúdenos —dije en español.

La boca de Crystal le llegó prácticamente al piso al escuchar mi discurso, aunque ella no entendía casi ni una palabra.

—Señorita, este perro es muy afortunado de tenerlas a ustedes. Haremos todo lo que podamos por él —dijo la señora.

La veterinaria era otra señora muy amable que vestía una bata azul de doctor y también hablaba español. Mientras examinaba a Estrella, nos dejó estar en el cuarto y poner nuestras manos sobre él para que estuviera tranquilo. Le limpió la herida y le puso antiséptico y nos felicitó por lo bien entrenado que estaba cuando le dio la pata. Le puso las vacunas que necesitaba y Estrella casi no se quejó porque le dimos trocitos de tocino y lo consentimos todo el tiempo. Después, la señora nos dio las placas de la rabia y un collar, y nos dijo que regresáramos cuando él estuviera mejor para castrarlo, y que ellas encontrarían la manera de pagar si nosotras no podíamos.

Hasta nos dio un pequeño frasco de pastillas de antibiótico para darle por diez días seguidos. Y yo sabía que si él no quería tomarlas, podríamos disolverlas con un poco de Coca–Cola para que las bebiera a lengüetazos.

De camino a casa, Estrella ya se veía mejor, pero tal vez era todo el tocino reposando felizmente en su panza.

—¡Tu discurso hizo milagros! —decía Crystal una y otra vez—. ¡Zit, eres especial!

Ya en casa, Crystal se fue a su *traila* y Estrella vino a la mía. Mi mamá ya estaba en casa para entonces, y una vez que Dalia, Reina y yo le explicamos todo acerca de Estrella, dijo que podía quedarse adentro de la *traila*, sólo hasta que se mejorara, pero después de eso, tendría que estar afuera. Abracé a mi mamá y ella también me abrazó.

—Ojalá que liberen a tu papá, Zitlally. No sé qué haré si no lo dejan ir —susurró.

Observé a Estrella que estaba de lo más cómodo sobre la cobija vieja al lado del sofá.

—Creo que mi papá va a estar bien, mamá.

El domingo por la mañana, antes de la misa, Estrella estaba comiendo tocino de su plato cerca de mis pies, y yo estaba comiendo panqueques con mucho sirope, cuando sonó el teléfono. En general, el teléfono no suena tan temprano, así que pensé que deberían ser o muy buenas o muy malas noticias. Contesté.

Y escuché la voz de mi papá.

—¡Zitlally! —empezó a hablarme en el lenguaje de las estrellas, con todos los *shhhhhs* posibles, diciéndome cuanto me quería.

—¿Estás libre, papá? —pregunté.

—Sí, *mija*. Estoy libre.

Quise gritar lo más fuerte que podía "¡¡¡YUPIIIIIII!!!" y decirle a mi mamá, que estaba bañándose, y a Reina, que seguía durmiendo, y a Dalia, que se estaba maquillando en el cuarto. Pero más que eso, quería a mi papá para mí solita por un minuto.

—¿Qué pasó, papá?

—Pues mira, *mija,* después de que recibieron el dinero, me pusieron en la parte trasera de una camioneta y me dijeron que me iban a llevar a la parada del camión. Pero presentí que me estaban mintiendo. Sospeché que me iban a dejar donde la migra pudiera agarrarme. Así que salté de la camioneta y rodé en una zanja. Me lastimé el hombro con una piedra cuando caí al suelo, pero me levanté y corrí hacia abajo del barranco. Corrí tan rápido como nunca antes.

—¿Tan rápido como un perro? —pregunté.

—Sí, *mija,* tan rápido como un perro. Y pues, encontré el camino hacia la parada del camión, y ahora aquí estoy en Arizona, y voy a tomar el próximo camión a Colorado.

—¿Tienes dinero, papá?

—Me pegué cien dólares a la pierna antes de irme. Estaré allá mañana en la noche, *mija*.

Y después, mi mamá salió del baño, preguntando con quién estaba hablando.

—Con mi papá —le dije con la sonrisa más grande de toda la galaxia en mi rostro.

Y ella gritó, y después, Dalia salió, agitando la varita del rímel y gritando, y después, Reina se despertó y empezó a gritar, y todas estábamos gritando, bailando y abrazándonos unas a otras.

· 12 ·

En la escuela el lunes, no podía dejar de sonreír.
Cuando el profesor Martin preguntó cuánto eran
dos séptimos multiplicados por tres, levanté la mano
bien alto, orgullosa como una bandera.

—¡Seis séptimos! —exclamé, y me sentí brillante, como si aquel resplandor del sol que comí
estuviera recorriéndome por todos lados.

Emma, Olivia y Morgan debieron notarlo y

decidieron que yo ya no era aburrida, porque Morgan me preguntó si quería ir en bicicleta con ellas al parque después de la escuela. Era la hora del almuerzo y estábamos en el baño, y ellas se estaban poniendo brillo labial y cepillándose el cabello, y yo estaba lavándome las manos, y Crystal estaba dentro de uno de los cubículos del baño. Yo podía sentir que ella escuchaba.

—Gracias, Morgan, pero Crystal y yo tenemos planes. Tal vez en otra ocasión.

Más tarde, después de la escuela, Crystal dijo:

—Zit, ¿en serio tenemos planes?

—¡Claro que sí! Mi papá estará en casa esta noche. ¡Tenemos que practicar el show de Estrella!

Llevamos a Estrella en la carretilla por el sendero del bosque. Hacía suficiente calor para llevar shorts y camiseta, y mis piernas y brazos estaban felices y libres, recibiendo el brillo del sol. El aire olía dulzón, a néctar, pasto y árboles. Florecitas pequeñas habían nacido al lado de los tulipanes y los narcisos muertos. Los pétalos formaban un círculo perfecto y alegre, con el contorno azul y el centro amarillo.

—Forget-me-nots —dijo Crystal.

—¿Qué? ¿Qué quieres decir con "no me olvides"?

—Esas flores. En inglés se llaman forget-me-nots. ¡Es como si la naturaleza las hubiera puesto ahí porque sabía que tu papá vendría hoy a casa!

Recogí algunas flores y las puse en el collar de Estrella para que se viera extra guapo para mi papá.

—Crystal, he estado pensando en algo —dije, y era cierto, lo había pensado toda la noche. Y casi no pude dormir, pensando en mi papá y en Estrella y en cuán feliz estaba, pero después, cuando pensé en Crystal, me sentí un poco triste. Yo tendría a mi papá de regreso pero el de ella seguía en la cárcel.

—¿Qué? —dijo Crystal.

—Creo que tú deberías quedarte con Estrella.

Su rostro se iluminó.

—¿De veras? —preguntó.

Asentí.

—Pero lo podemos traer aquí todos los días y pasar tiempo juntos. Y si el dictador está de mal humor, tú y Estrella pueden venir a mi casa. Y si tienes que ir a Madagascar a visitar a tu papá, nosotros podemos cuidar a Estrella.

—¡Lo trataré como si fuera de oro, Zit, te lo prometo!

En el bosque, ayudamos a Estrella a salir de la carretilla. Su pata se veía bien, mejoraba rápido. Caminó cojeando levemente de regreso a su viejo lugar bajo el cofre oxidado y colorido.

—Estrella, siéntate —dijo Crystal.

Estrella se sentó.

—Estrella, saluda —le dije.

Estrella me dio la pata.

—Estrella, date la vuelta —dijo Crystal.

Estrella rodó.

Después, juntas, lo ayudamos a entrar al asiento del conductor en la camioneta. Se sentó ahí con la lengua afuera, rosada y alegre.

—¡Toca el claxon! —le dije.

Puso la pata en el claxon y el claxon sonó, sonó y sonó.

Después, se detuvo y levantó las orejas, alerta y escuchando.

Observaba algo sobre nuestras cabezas, detrás de nosotras.

Volteé y ahí estaba. Mi papá. Riéndose tanto que casi se orina de la risa.

Corrí hacia él y me apretó entre los brazos, y fue justo como me lo había imaginado, yo hundiendo la cara en su camiseta. Me susurró en el oído que me quería en el lenguaje de las estrellas.

—*Ni-mitz nequi* —dijo una y otra y otra vez.

Después, miró a Estrella.

—¡Qué perro! —dijo.

—Se llama Estrella.

Abracé a mi papá otra vez, lo más fuerte que pude.

—Cuidado, *mija*. Me duele mucho el hombro —dijo jalando su camiseta a un lado de su cuello y mostrándome una gran venda blanca enrollada en el hombro.

—Creo que mejorará rápido —dije.

Crystal había ayudado a Estrella a salir de la camioneta y estaba sentada a su lado, acariciándolo. Se veía triste y feliz a la vez. Quise abrazarla a ella también.

Crystal dijo en español:

—Mucho gusto, señor Mora. Soy Crystal.

—Mucho gusto, Crystal.

—Llevo mucho tiempo practicando este saludo —dijo ella—. Zit me dijo que usted regresaría a casa, así que me las ingenié para aprender cómo decir *mucho gusto*, y ahora por fin puedo decírselo. ¿Lo dije bien?

—Perfectamente —dijo mi papá.

Crystal empujó a Estrella hacia mi papá.

—Estrella, te presento al señor Mora —y le susurró a mi papá—: Dele la mano.

Mi papá extendió la mano.

Estrella le dio la pata.

Mi papá rió más, y después observó a Crystal.

—Eres nuestra vecina, ¿verdad?

Ella asintió.

—Vivo al lado de ustedes con mi mamá, y a veces con su novio también. Pero él no es mi papá —dijo, mientras seguía acariciando a Estrella—. Mi papá está en la cárcel. Saldrá en siete años si tiene buen comportamiento. Y sí, va a comportarse bien porque él es bueno. Y me quiere más que a nada y quiere regresar a casa conmigo. Es un buen padre.

Miré a Crystal. Sus ojos se veían reales, como cuando Dalia se quita el maquillaje en la noche y puedes ver su piel debajo, tierna y desnuda.

—Estoy seguro de que él tiene buen corazón. Su hija lo tiene —le dijo mi papá a Crystal sonriendo, y sus dientes recubiertos de oro resplandecían con el brillo del sol. Luego añadió—: Vámonos. Tu mamá y tus hermanas nos esperan. Tienen una sorpresa. —Le extendió la mano a Crystal—. Por supuesto, estás invitada también, Crystal.

Caminamos juntos, turnándonos para empujar la carretilla en la que iba Estrella, a través de los nomeolvides y el aire dulce, de regreso a nuestra *traila*, donde un deslumbrante pastel blanco que decía "¡Bienvenido Papá y Feliz Cumpleaños Zitlally!" nos esperaba. Esta vez todas las eles estaban ahí, como brillantes piezas de cielo azul sobre la nieve antártica.

EL CUENTO DEL PAPÁ DE ZITLALLY

El bosque más mágico y profundo

Esto pasó hace muchísimo tiempo, Zitlally. Le pasó al abuelito de mi abuelito, o tal vez a su tatarabuelito.

Una noche, cuando él era sólo un bebé chiquito, su madre lo envolvió en tres sabanitas y lo recostó en un claro dentro del bosque más mágico y profundo.

El bosque donde uno nunca debe cortar leña por los espíritus de los árboles.

Donde uno nunca debe arrancar bayas por los espíritus de las plantas.

Donde uno nunca debe cazar por los espíritus de los animales.

Pero la madre de este bebé era especial. Ella era una

curandera. Les pedía permiso a los espíritus para entrar al bosque, y ellos la dejaban cortar hierbas sanadoras. Y ella siempre les agradecía. Esa noche había venido a descubrir el espíritu nahual de su hijo. Se quedó escondida entre los árboles, observando y esperando a que llegara la criatura de su hijo.

Al amanecer, una paloma aterrizó cerca de la cabeza del bebé. Su madre pensó:

"Tal vez su animal es un pájaro. ¡Así podrá volar sobre sus problemas!"

Pero la paloma se fue.

Después, un pequeño lagarto se deslizó cerca de los pies del bebé.

"Tal vez su animal es un lagarto —pensó su madre—. ¡Así será sigiloso y ágil!"

Pero el lagarto se fue.

Y después, justo cuando el sol se asomaba sobre los picos de las montañas, un joven ciervo se tambaleó dentro del claro. Despacito, paso a paso, el ciervo caminó hacia el bebé. Por largo rato el ciervo miró a los ojos del bebé.

El bebé lo miró también.

La lengua larga del ciervo lamió el rostro del bebé.

El bebé sonrió.

El ciervo sonrió.

Por fin, el ciervo se marchó. Ahí fue cuando la madre del bebé notó la forma de las manchas blancas en la espalda del ciervo, y eran como un eco de las marcas de nacimiento en la espalda de su hijo. Ella levantó al bebé, lo besó y, susurrando las gracias, se fue a casa. Sonrió todo el camino, feliz de que el espíritu de su hijo fuera el más rápido, el más elegante y el más noble del bosque.

Y pues, sí, el bebé se convirtió en un niño que corría más rápido que cualquiera, aún más que el hombre más rápido. Cuando corría cuesta arriba, era como si corriera cuesta abajo. Y cuando corría cuesta abajo, era como si volara. Pero como era el mejor corredor, quería ser el mejor en todo. El mejor trepador de árboles, el mejor silbador, el mejor cazador.

Había un problema con ser el mejor cazador. Sus hermanos mayores ni siquiera lo dejaban tocar sus rifles.

—Eres muy pequeño —le decían cuando se iban a cazar.

Lo hacían quedarse en casa para ayudar a su madre. Ella tenía pacientes durante todo el día a quienes curaba con hierbas. El chico se aburría ayudándola.

—Quiero cazar y demostrarle al mundo que soy el mejor en todo —se quejaba.

—Es verdad, corres muy bien —dijo su madre—.

Pero eso es gracias a tu espíritu de ciervo. Siempre debes estar agradecido por ese regalo.

Sin embargo, el chico no se sentía agradecido. Sólo se sentía orgulloso de sí mismo.

—Corro rápido porque soy rápido —dijo—. Y si mis hermanos me dejaran cazar, sería el mejor cazador, y después verías.

—Ajá —respondió su madre, y se fue a colgar sus hierbas para que se secaran.

Una mañana temprano, cuando las estrellas aún estaban afuera, antes de que su madre se levantara para preparar el té y las tortillas, el muchacho salió de puntillas con el rifle de su hermano mayor. Tembló en la oscuridad, se echó el arma pesada al hombro, caminó sobre las colinas y a través de los campos, y se dirigió directo hacia el bosque más mágico y profundo.

El bosque donde uno nunca debe cortar leña por los espíritus de los árboles.

Donde uno nunca debe recoger bayas por los espíritus de las plantas.

Sobre todo, donde uno nunca debe cazar por los espíritus de los animales.

De todas maneras, el chico fue ahí. Ese era el único

lugar donde nadie lo veía. Nadie lo veía porque nadie era tan valiente para aventurarse por ahí.

"Soy el mejor y el más valiente", pensó. Y así, cuando el cielo iba cambiando del negro de la noche al azul de la mañana, entró al bosque más mágico y profundo.

Aquí los árboles susurraban, las plantas murmuraban y los insectos cantaban.

Si hubiera prestado atención, habría escuchado las palabras de alerta: "¡Chico tonto! ¡Vete, vete, vete, porque si no…".

Pero no prestó atención. Se arrastró a través de la maleza.

"Estoy a punto de convertirme en el mejor cazador que este pueblo haya visto jamás", pensó.

El chico se sentó y esperó cerca de un gran árbol a la orilla del claro. Después de un rato, escuchó un movimiento. Apareció un magnífico ciervo en la pradera. Sostenía su cabeza en alto y, a cada lado, sus astas se encontraban en cuatro puntos como una corona majestuosa. Si el chico hubiera observado de cerca, tal vez hubiera notado las formas de las marcas blancas del animal y de cómo coincidían con la extraña marca de nacimiento que él tenía en su propia espalda.

Pero no lo notó.

El chico se levantó despacito, pensando en lo grandes e impresionados que estarían los ojos de sus hermanos cuando lo vieran cargando la cabeza de este enorme animal. Recostó el arma en el hombro, puso el ojo en la mirilla y jaló el gatillo.

Muchas cosas pasaron en ese terrible momento.

Todo el bosque se sacudió como un trueno.

El ciervo dio una voltereta en el aire y aterrizó con las patas colapsadas bajo su cuerpo.

Y la fuerza del disparo lanzó al muchacho hacia atrás. Cayó en algo filoso, algo que le atravesó la pierna. Una rama puntiaguda con filo como de cuchillo.

El ciervo escapó cojeando, con la sangre manando de la pata. El chico trató de levantarse, pero su pierna herida no se lo permitía. Dolía y quemaba. La sangre salía a borbotones de la herida. Dejó el arma ahí y se arrastró hasta su casa, gateando casi todo el camino.

Horas después, llegó hasta la puerta de la cocina. Su madre lo recogió y lo llevó adentro. Le limpió la herida mientras él gritaba de dolor.

—Te atravesó hasta el hueso —dijo ella—. ¿Cómo fue que te pasó esto, hijo?

—Me levanté temprano a recoger leña —mintió—. Y tropecé y me caí.

Ella levantó una ceja pero no dijo nada.

Dos días después, la herida del chico estaba peor, rosada e hinchada, venas rojas le corrían de arriba abajo por toda la pierna. Se acostaba en su petate, temblando y sudando frío, con fiebre. Toda la noche y todo el día, su madre estuvo cuidándolo con rostro preocupado.

—¿Dónde está mi rifle? Hace dos días que no lo veo —dijo su hermano esa tarde.

Su madre le echó una mirada llena de preguntas a su hijo herido.

Cuando el chico le contó la verdad, sus palabras sonaban lejanas, como si vinieran de la boca de otro chico. Estaba demasiado perdido en fiebre y dolor.

—¿Le disparaste a un ciervo en el bosque mágico? —gritó su madre.

De inmediato se levantó de un salto y echó comida, cobijas, cacerolas, tazas, hierbas y cerillos dentro de una bolsa. Se echó a su hijo a la espalda y lo ató como un bulto de leña. Después, se dirigió hacia el bosque más mágico y profundo. Cada paso, cada rebote, le provocaba más dolor al chico, pero él sólo gemía. Estaba más allá de las palabras, más allá del llanto. Flotaba dentro y fuera de este mundo, muy cerquita de la muerte.

* * *

En el bosque, la luz era diferente. Era dorada y se derramaba en cintas a través de las hojas. Cintas doradas que se juntaban en el suelo del bosque. El chico quería que una de las cintas lo jalara arriba, arriba hasta el cielo.

Pero de repente, su madre le derramó agua fría en la cara.

—¿Dónde? ¿Dónde le disparaste al ciervo? —preguntó.

Y el chico señaló hacia el claro. No demoró mucho su madre en encontrar al ciervo encogido en un nido de pasto. Lo observó mientras se acercaban. Su cornamenta ya no se veía majestuosa. La criatura estaba demasiado débil para sostener la cabeza erguida. Sus ojos se veían perdidos como los del muchacho. Movía las patas delanteras un poco, y se daba por vencido, reposando la cabeza en el lomo, lamiendo la herida hinchada.

—Tal como lo imaginé —exclamó la madre del chico, observando las manchas blancas—. Tu ciervo —y recostó al chico al lado del animal.

La mujer recogió madera e hizo una pequeña fogata. Hirvió agua y arrojó en ella algunas hierbas. Le dio un jarro al ciervo y después un jarro al chico de esa agua. Puso paños con hierbas húmedas sobre la herida del ciervo y puso otros sobre el chico. Alimentó al ciervo y al chico con la misma comida: frutas, bayas, hongos asados, verduras hervidas y nueces. Acarició el cabello de su hijo con una mano y el pelaje del ciervo con la otra. Les cantó canciones en el lenguaje de los humanos y en el lenguaje de los espíritus.

El muchacho no sabía cuánto tiempo había estado ahí con su madre y con el ciervo. ¿Días? ¿Semanas? Poquito a poquito, su mundo se aclaraba. Cada vez que el chico abría los ojos, veía los ojos del ciervo que miraban a los suyos. Los ojos del animal crecían a medida que le regresaba la vida. El muchacho sentía como si se mirara al espejo.

El muchacho sonreía.

El ciervo sonreía.

Luego, una mañana, el muchacho se despertó y los ojos del ciervo se habían ido. Su espacio en el nido de pasto estaba vacío. El muchacho se sentó y miró alrededor, justo a tiempo para ver el relampagueo de una cola blanca que desaparecía entre los árboles.

Al día siguiente, el chico y su madre regresaron a casa. Por semanas, el chico caminó cojeando y con un bastón. En unos meses, ya estaba corriendo. Y luego de un año, volvió a ser el corredor más rápido de su pueblo.

*   *   *

Pero ahora era diferente. Ahora, todos los días, el chico corría en las orillas del bosque más mágico y profundo. Sentía sus ojos de ciervo observar los árboles al pasar velozmente y sentía sus piernas de ciervo golpear la tierra. Corría y corría, saltando troncos y verjas. Llegó a ser conocido como el protector del bosque. Si alguien trataba de entrar, él lo seguía y siempre lo capturaba. La gente decía que cuando él corría, un maravilloso ciervo con cornamenta gigante saltaba a su lado, a la sombra de los árboles del bosque. Juntos, corrían con las piernas estiradas, el ciervo un eco del chico, o tal vez el chico un eco del ciervo.

Los años pasaron y el chico se convirtió en viejito, y seguía corriendo a lo largo del bosque, aunque ahora más lento. A veces se detenía a descansar y le contaba su leyenda a los niños que se reunían a su alrededor. Y siempre, Zitlally, terminaba diciendo esto: "Si alguna vez te encuentras en el bosque más mágico y profundo, sé amable con cualquier criatura que veas ahí. Mírala a los ojos. Y sonríe".

Una nota sobre la inmigración de México a los Estados Unidos

Lo que me inspiró a escribir *Estrella en el bosque* fue escuchar las experiencias de una lectora de doce años que sintió una conexión con Clara, el personaje principal de mi libro *What the Moon Saw* (Lo que vio la luna). Pero esta niña observó una gran diferencia: Clara nació en los Estados Unidos y podía cruzar la frontera con México sin problema mientras que ella había nacido en México e inmigrado aquí ilegalmente con sus padres. Vinieron a los Estados Unidos para trabajar porque en México no podían encontrar un trabajo que pagara lo suficiente para una vivienda decente, comida, ropa y educación. Esta niña quería visitar a sus familiares en México, especialmente a su papá, que había sido deportado recientemente. Pero si iba, regresar sería demasiado peligroso.

La historia de esta niña es común en nuestro país, y es parte de una historia de inmigración más grande. Por cientos de años, la gente —incluso mis antepasados— ha venido aquí para encontrar trabajo y oportunidades. Pero con cada nueva ola de inmigrantes, los estadounidenses han enfrentado retos para adaptarse a los recién llegados. Algunos estadounidenses se han preocupado de que los inmigrantes cambien sus vidas para mal. Han tenido miedo de que los recién llegados les quitaran sus trabajos, atestaran sus comunidades, trajeran más crímenes, no respetaran sus valores, usaran sus recursos, amenazaran su idioma o dañaran su cultura.

Por otro lado, muchos estadounidenses se han enfocado en las cosas buenas que los recién llegados ofrecen a sus comunidades. Gracias a la inmigración, Estados Unidos tiene una variedad de música, idiomas y comida que enriquece nuestras vidas. A menudo, los recién llegados traen buenos valores familiares y de trabajo, pagan impuestos, gastan dinero y hacen trabajos necesarios. Muchos estadounidenses entienden que, frecuentemente, los inmigrantes están escapando de circunstancias duras y tratando de mejorar la vida de su familia.

A finales de la década de los noventa, yo vivía en

una región hermosa, pero pobre, de Oaxaca, México. Casi todos mis conocidos tenían familiares en los Estados Unidos que trabajaban en construcción, agricultura, limpiando hoteles y en otros trabajos físicamente exigentes. Esas personas eran inmigrantes indocumentados porque estaban trabajando en los Estados Unidos sin permiso legal. Mis amigos me explicaron que aunque era triste que sus seres queridos vivieran tan lejos, el dinero que mandaban pagaba las necesidades básicas de sus familias.

Después de mudarme de México al Suroeste de los Estados Unidos, formé amistades con muchos latinos que eran inmigrantes indocumentados. He visto como sus vidas han cambiado durante la década de 2000 con la implementación más estricta de las leyes de inmigración por parte del gobierno. Antes, nuestro país toleraba un cierto nivel de inmigración ilegal porque había muchos puestos físicamente exigentes que necesitaban trabajadores. Pero en la primera década de 2000, el gobierno estadounidense empezó a reforzar la seguridad de la frontera, a castigar a las compañías que contrataban a los inmigrantes indocumentados y a hacer aún más difícil que los inmigrantes consiguieran licencias para conducir.

Como resultado, la vida se les ha vuelto más dura. Los jefes y compañeros de trabajo pueden aprovecharse del miedo que tienen los inmigrantes indocumentados de ser deportados a México o Centroamérica. Como no pueden conseguir una licencia para conducir en muchos estados, se preocupan de que la policía los detenga. Y por causa de la fuerte seguridad en la frontera, los inmigrantes tienen que cruzar por lugares más retirados y peligrosos, donde pueden ser asaltados o secuestrados, lo cual le sucedió a un amigo mío. Durante estos años, el gobierno de los Estados Unidos ha deportado un número récord de personas.

Ahora, los inmigrantes tienen demasiado miedo de regresar a visitar sus países de origen, como lo hacían antes, y no solamente por el peligro de cruzar la frontera. También, varias comunidades en México y Centroamérica están sufriendo de mucha violencia, en forma de narcotráfico, robos, secuestros, matanzas y opresión. Pero a pesar de la violencia y la pobreza, algunos inmigrantes han decidido regresar a México y Centroamérica permanentemente para vivir allá con sus familiares. Otros han sido deportados, muchos de ellos dejando a sus hijos y parejas aquí en los Estados Unidos.

Esta última situación es especialmente difícil para los hijos de los inmigrantes, muchos de los cuales nacieron en este país o llegaron cuando eran muy pequeños. Muchos han pasado sus vidas aquí, han ido a las escuelas estadounidenses, hablan inglés perfectamente y se sienten en casa en los Estados Unidos, pero viven en un clima de inseguridad por la condición ilegal de sus familiares o de ellos mismos.

Casi todo el mundo sabe que el sistema de inmigración funciona mal. El gobierno está tratando de repararlo por medio de una gran reforma de inmigración. Pero desafortunadamente, las tensiones políticas han dificultado la posibilidad de realizar cambios efectivos.

Desde que publiqué este libro en inglés hace cinco años, mucho ha cambiado para los inmigrantes, y mucho también ha permanecido igual. En los primeros años de la década de 2010, la administración de Obama anunció que impondría normas para proteger a las familias de inmigrantes ilegales y centraría sus esfuerzos en deportar a los inmigrantes ilegales con antecedentes penales. Sin embargo, la cantidad de deportaciones de gente que no es criminal ha permanecido en un nivel alto, y muchas más familias han sido separadas. La seguridad en la frontera sigue muy estricta y hay complicaciones políticas en el Congreso que amenazan la reforma de inmigración.

Un paso positivo ocurrió en 2012, cuando el presidente empezó un programa que se llama Acción Diferida para los Llegados en la Infancia (*Deferred Action for Child Arrivals* o DACA). En este programa, los jóvenes que son inmigrantes indocumentados y que llegaron aquí aún siendo niños pueden pedir protección de la deportación. DACA sirve como un permiso de trabajo, el cual puede ser renovado cada dos años.

Sin embargo, DACA no es un camino a la residencia permanente ni a la ciudadanía. Y tristemente, los jóvenes que han conseguido sus documentos por medio de DACA siguen viviendo con el miedo de que sus padres y otros familiares puedan ser deportados. Además, aunque tengan el documento de DACA, estos jóvenes no son ciudadanos estadounidenses y DACA no les da el derecho de vivir permanentemente en este país. Por tanto, su futuro en los Estados Unidos no es seguro.

Otro paso importante es que en varios estados, incluso en mi estado de Colorado, han empezado programas para que los inmigrantes indocumentados puedan conseguir licencias de conducir. Pero todavía, en la mayoría de los estados, estos programas de licencias no existen.

En noviembre de 2014, el presidente Obama anunció una orden ejecutiva que protegería de la deportación a los padres de ciudadanos estadounidenses y residentes legales y les daría la oportunidad de trabajar legalmente en este país. Al mismo tiempo, el presidente quería extender el programa DACA a los jóvenes, para incluir a más personas. Desafortunadamente, por razones políticas, el programa no arrancó. La administración del presidente está luchando en las cortes federales para dar inicio al programa.

Para muchos niños en los Estados Unidos, este programa histórico marcará una gran diferencia en sus vidas. Pero no es una solución permanente y todavía hay padres que no van a calificar. Además, como es una orden ejecutiva y no una ley, un presidente en el futuro puede cancelarla. Eso puede causar más inseguridad y miedo en las familias afectadas.

Mucho del progreso reciente para proteger a padres y jóvenes de la deportación es gracias a los jóvenes valientes que han compartido sus experiencias y exigido que nuestro país respete sus derechos humanos. A pesar del progreso, la vida de las familias de inmigrantes indocumentados todavía no es fácil. Pero en general, en años recientes, parece que la situación para inmigrantes en los Estados Unidos está mejorando poco a poco. La lucha para mantener las familias unidas sigue, y espero que un día todos los niños tengan el derecho de vivir junto a sus padres.

~Laura Resau, noviembre de 2014

Glosario de náhuatl*

Ni-mitz nequi: Te quiero

Xono: El pueblito del papá de Zitlally

Zitlally: Estrella (también se escribe *Citlali*)

*El náhuatl era el lenguaje de los antiguos aztecas. Más o menos un millón y medio de personas hablan algunas formas del náhuatl. La mayoría de las personas que hablan náhuatl viene de las comunidades rurales de México central, y sus dialectos suelen variar de pueblito a pueblito. Algunas palabras comunes con raíces del náhuatl son: aguacate, chile, chocolate, coyote y jitomate. Varios nombres en náhuatl aún son populares en México, como Xochitl (flor) y Cuauhtémoc (águila que cae).

Sobre la autora

Laura Resau vivió en la región mixteca de Oaxaca, México, trabajando por dos años como antropóloga y profesora de inglés. Después, estuvo enseñando inglés a los inmigrantes del Suroeste de los Estados Unidos por casi diez años. Ahora escribe libros en Colorado, donde vive con su esposo, su hijo y su perra. También es autora de otras siete novelas para jóvenes. Para más información, visita a Laura en su sitio web: www.LauraResau.com

Sobre la traductora

Gloria García Díaz es una escritora bilingüe, bailarina folclórica y cantante de canciones mexicanas. Escribe poesía, historias y memorias, y tradujo el libro *Mamis Felices* de Kathlyn Pelley. Es de la Ciudad de México y está muy orgullosa de sus raíces indígenas. Actualmente vive en Colorado con su esposo y su hija pequeña. Para más información, visita a Gloria en: www.GloriaGarciaDiaz.blogspot.com

Nota sobre la colaboración
de Laura y Gloria

La autora, Laura Resau, y la traductora, Gloria García Díaz, han sido amigas muy cercanas y compañeras de escritura por más de una década, incluso desde que Gloria era su estudiante en las clases de ESL. A través de los años, Gloria ha retroalimentado los manuscritos de Laura, basándose en su valiosa perspectiva como inmigrante con familiares indígenas al sur de México. Laura también ha ayudado a Gloria con su escritura y proyectos de traducción, que incluyen libros ilustrados y memorias.

Gloria y su comunidad fueron una gran inspiración para *Estrella en el bosque*. Desde el principio, Gloria trabajó con Laura para contar detalles de la vida real. La traducción de Gloria es especial porque ella vive en el parqueadero de casas móviles que inspiró el escenario de *Estrella en el bosque*. Como ella pasa por el tipo de dificultades que Zitlally y su familia enfrentan, pudo hacer que la voz de Zitlally en español sonara auténtica.

Esta traducción fue un trabajo de verdadero cariño. Gloria derramó su corazón en ella y repasó cuidadosamente cada palabra con Laura, con la esperanza de que después de todo alguna editorial mostrara interés. (¡Gracias, Scholastic!). Su colaboración celebra los lazos de amistad y creatividad que pueden crecer por encima de cualquier frontera o límite que construya nuestra sociedad.

Laura Resau y Gloria García Díaz, enero de 2016